소소하지만 단단하게

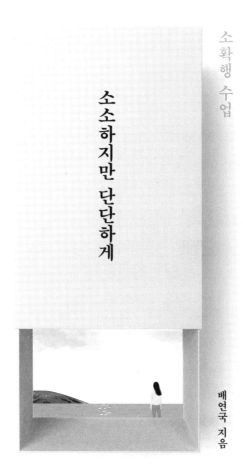

소확행 수업

# 소소하지만 단단하게

배연국 지음

글로세움

차례

첫 번째 상자
**태도**Attitude

## 두 번째 상자
# 존재 Being

**세 번째 상자**
# 좋은 접촉 Contact

**네 번째 상자**
# 내려놓기 Disburdening

신이 말했다.
천사들이여
지상에서 소확행을
찾아오너라

# 신도
# 고민이 많다

삶이 팍팍한가?

신도 그렇다. 광대한 우주를 주관하시는 분이라면 얼마나

고민과 어려움이 많겠는가? 걱정과 고민은 살아 있는 모든

존재의 숙명이다.

인간을 창조하신 신께서는 자신의 자녀들이 온전한 기쁨

을 누리기를 바랐다. 그 소망 하나를 위해 모든 것들을 예비

해두었다. 아름다운 자연을 만든 뒤 그것을 사용할 자유와

재능을 인간에게 부여했다. 인간은 그 권능으로 신도 깜짝

놀랄 문명을 일구었다. 돌도끼밖에 만들 줄 몰랐던 인간의 두뇌는 갈수록 영리해졌다. 손바닥 안에서 세상을 보는 스마트폰을 개발하고, 우주로 여행할 수 있는 비행체까지 제조했다. 신이 우주와 인간을 창조했다면 인간은 세상의 온갖 물건들을 창조했다는 찬사가 쏟아졌다.

하지만 이런 재능과 풍족한 환경에도 불구하고 인간의 삶은 행복하지 않았다. 가진 것은 늘었으나 마음은 가난해졌고, 지식은 많아졌으나 지혜는 줄었고, 수명은 늘었으나 어떻게 살 것인지를 알지 못했다. 이런 불행한 인간들이 죽어 저승으로 몰려오면서 급기야 원망과 슬픔에 찌든 불행한 영혼들이 천상의 세계를 채우기 시작했다.


천상에 온 영혼들에게는 맨 먼저 거쳐야 하는 시험이 있다. '기쁨의 저울' 위에 올라가 지상에서 일생 동안 누린 기쁨의 무게를 측정하는 것이다.

기쁨이 슬픔보다 많은 영혼은 천국으로 갈 수 있지만 반대의 경우라면 지옥으로 가야 한다. 양쪽의 무게가 엇비슷한 경우에는 연옥에 머물게 된다.

이 저울에선 오로지 기쁨만이 기준이다. 기쁨이 충만한 천국에 머물려면 무엇보다 그것을 누릴 자격을 갖추어야 하는 까닭이다. 지상에서 불행한 삶을 살았던 인간들은 원망과 불평이 몸에 밴 이들이다. 만약 이들에게 천국의 입장을 허용한다면 이들은 낙원이라는 최적의 환경에서도 금세 불평거리를 찾아내고 원망을 쏟아낼 게 뻔하다. 얼마 지나지 않아 천국은 이들의 한숨으로 가득 찰 것이다. 그렇다면 그곳은 천국이 아니라 지옥이다. 천상에 도착한 영혼들에게 가장 먼저 기쁨의 무게부터 저울로 재는 이유가 여기에 있다.

기쁨의 저울은 유사 이래 한 번도 바뀐 적이 없다. 매번 똑같은 저울이 사용되었지만 천국의 시험에서 탈락해 연옥이나 지옥으로 가는 영혼들은 갈수록 늘어났다. 탈락자들은 신이 자비심을 발휘해 자신들을 구제해주기를 바랐다. 그러나 저울의 눈금을 누가 조작할 수 있겠는가? 기쁨의 무게는 각자 지상의 삶에서 쌓아온 것이므로 신도 어쩔 수가 없다.

신은 번민에 휩싸였다. '나는 사랑하는 자녀들에게 모든 것을 주었다. 물질적 풍요가 넘치고 인간의 목숨을 위협하

던 질병들도 대부분 사라졌다. 그런데 왜 불행의 늪에 빠지는 인간들이 늘고 있는가?'

고민을 거듭하던 신은 손수 그 까닭을 알아보기로 결심했다. 천국에서 탈락한 영혼들을 직접 만나보기로 했다.


보좌 천사에게 먼저 나폴레옹을 데려오도록 명했다. 나폴레옹이 있는 곳은 연옥이었다. 천사가 연옥에 도착했을 때 구름 사이로 밝은 햇살이 대지에 내리고 있었다. 꽃들이 피어 있고 산에는 숲이 우거져 있었다. 하지만 그곳의 영혼들은 하나같이 얼굴에 수심이 있고, 무엇에 쫓기는 듯 걸음이 빨랐다.

천사는 우연히 어떤 우물곁을 지나게 되었다. 영혼들이 모여 두레박으로 물을 긷고 있었다. 그들에게도 영혼의 갈증을 해소하기 위해 물이 필요했던 모양이다. 한 영혼이 먼저 물을 마시려고 새치기를 했다. 그러자 영혼들 간에 옥신각신 다툼이 일어났다.

'조금만 서로 양보하면 오히려 물을 더 빨리 마실 수 있을 텐데.'

천사는 혀를 찼다. 천국의 영혼들과는 달리 양보와 배려가 부족했다. 그것이 천국과 연옥을 가르는 분계선이라는 생각에 씁쓸함이 느껴졌다.

저만치서 나폴레옹이 보였다. 그는 늙은 물푸레나무 아래에서 헌 가죽신을 깁고 있었다.

"신께서 당신을 부르십니다. 저와 함께 가시지요."

"마침 잘 됐군요. 당장 가서 신에게 따져야겠어요. 이제야 이 지긋지긋한 연옥에서 벗어날 수 있겠군."

나폴레옹이 투덜대면서 대꾸하자 천사는 속으로 생각했다.

'저 양반은 지금도 자기가 황제인 줄 아는 모양이야. 죽어서도 불평을 내려놓지 못했어.'

나폴레옹은 서둘러 천사를 따라 나섰다. 그는 천사의 날개를 타고 신 앞에 당도했다.

"저는 지상에서 최고의 권력과 넓은 영토를 가진 황제였어요. 조국 프랑스를 누구보다 사랑했고 국민들도 저를 열렬히 따랐습니다. 그런 제가 한낱 평민 대접을 받고 살아야 합니까?"

"그건 나도 알고 있느니라. 하늘에서는 지상의 권력과 영토 따위로 인간을 심판하지 않는다. 방금 황제라고 하였느냐? 그렇다면 네가 가진 권력과 제국을 여기 내놓아 보거라."

나폴레옹은 그럴 수 없었다. 모든 것이 과거의 일이었다. 지금 그의 손에는 아무것도 남아 있지 않았다. 신이 노기 띤 음성으로 말했다.

"죽은 영혼에게 권력이 무슨 소용이겠느냐? 여기서는 기쁨이 유일한 기준이니라. 기쁨을 누릴 자격이 있는 자만이 천국에 가고 그렇지 못한 영혼은 지옥이나 연옥으로 간다는 걸 아직도 모른단 말이냐? 그 자격은 지상에서 자기 스스로 채우는 것이니라."

나폴레옹은 아무 말도 하지 못했다. 신이 목소리를 낮추어 그에게 물었다.

"너는 지상에서 얼마나 기쁨을 누렸느냐?"

나폴레옹은 자신의 일생을 돌아보았다. 이탈리아 정벌을 위해 알프스 산을 넘고 조세핀과 결혼식을 올리던 꿈같은 일들이 뇌리에 스쳤다. 러시아 원정에 실패해 수많은 부하

들이 죽고, 결국 자신은 질해고도로 쫓겨났다. 파란민징힌 인생이었다. 아무리 생각해도 행복보다 불행한 시간이 더 많았다.

"신이시여! 헤아려 보니 정말 행복했던 시간은 6일밖에 되지 않습니다."

나폴레옹도 스스로 놀라는 눈치였다. 그 말에 신도 놀랐다. 무소불위의 권력을 휘둘렀던 황제가 진정한 행복을 느낀 시간이 겨우 6일이라니! 기쁨의 무게가 그 정도라면 솔직히 지옥행 감이었다.

신은 인내심 있게 다음 질문을 던졌다.

"살아 있는 동안 다른 사람에게 기쁨을 주었는가?"

나폴레옹은 생전에 여느 권력자들처럼 거만을 떨지 않았다. 훌륭한 솜씨를 지닌 장인을 보면 머리 숙여 경의를 표했다.

말년에 대서양의 세인트헬레나 섬에서 유배생활을 할 때였다. 나폴레옹이 어떤 귀부인과 함께 길을 걷고 있었다. 반대쪽에서 짐을 진 하인들이 걸어오자 귀부인은 화난 목소리로 길을 비키라고 꾸짖었다. 그 모습을 보고 나폴레옹이 말했다.

"부인, 저들은 무거운 짐을 지고 있어요."

나폴레옹은 그때의 이야기를 신에게 들려주었다.

"그 말 한 마디가 너의 영혼을 구했느니라. 그때 미천한 인간들에게 기쁨을 주지 않았다면 벌써 지옥으로 떨어졌을 것이다. 그러니 연옥에 있는 것을 다행으로 알거라."

나폴레옹은 신의 자비에 감사를 표한 뒤 물러났다.


신은 이번에는 독일의 대문호 괴테를 데려오도록 지시했다. 생전에 나폴레옹에게서 존경을 받았고 다른 사람들에게 행복을 전파했던 괴테라면 나름의 비책을 갖고 있을 것이라고 여겼다. 그런 영혼이 지옥에 머물고 있다면 기쁨의 저울이 오작동을 일으켰을 수 있다는 생각까지 들었다.

생전의 괴테는 〈생활의 8가지 행복〉이란 글을 써서 인간들에게 행복이 무엇인지 가르쳐 주었다. 괴테는 나폴레옹이 가장 존경했던 인물이었다. 나폴레옹은 독일을 침공했을 때 자기 관저로 괴테를 초대한 적이 있다. 그는 괴테가 걸어오는 것을 보자 감격에 겨워 "저기 사람이 온다!"고 소리쳤다.

이윽고 보좌 천사는 하얀 날개를 저으며 지옥에 도착했다. 영혼들의 날카로운 울부짖음이 지옥문 바깥에까지 들렸다. 지옥에는 인간이 상상하는 불의 심판은 없었다. 그곳에서는 남을 칼로 찌른 영혼은 뾰족한 칼 위에서 잠을 자고, 남을 험담한 영혼은 그 험담을 매일 반복적으로 들으며 살아야 했다. 자기가 지은 죄의 무게만큼 스스로 형벌을 받는 식이다.

가장 끔찍한 형벌은 탐욕의 심판이었다. 생전에 재산을 긁어모으면서 이웃의 기쁨을 앗아간 영혼에게는 혹독한 굶주림이 기다리고 있었다. 육신이 없는 영혼들은 지상의 인간들처럼 먹을 필요가 없다. 그런데 지옥의 영혼들은 이상하게도 탐욕과 식욕을 온전히 지니고 있었다. 그 욕망이 워낙 강해 미처 내려놓지 못하고 지옥까지 갖고 온 것이었다.

열흘을 굶으면 탐욕의 영혼 앞에는 라면 한 그릇이 놓여졌다. 뜨거운 라면은 시간이 지나도 식지 않았다. 굶주린 영혼들은 배고픔을 달래기 위해 펄펄 끓는 라면을 목구멍으로 삼킬 수밖에 없었다. 식도와 위까지 타들어가는 고통이 전신을 엄습했다. 그런데도 열흘마다 나오는 그 라면을 서로 먹겠다고 아귀다툼을 벌였다.

지옥의 형벌이 얼마나 혹독했던지 괴테의 몰골은 말이 아니었다. 거의 뼈마디만 남다시피 했다. 생전에 귀족 가문 출신의 고귀한 풍모는 어디에도 찾아볼 수 없었다. 드디어 괴테가 신 앞에 나타났다. 신이 측은한 눈빛으로 물었다.

"너는 지상에서 얼마나 행복을 누렸느냐?"

"저는 늘 무언가에 쫓기듯 불안했어요. 높은 공직을 맡고 세상에 이름을 떨쳤지만 행복은 저만치 떨어져 있었어요."

괴테의 표정은 몹시 어두웠다. 그의 소설에 나온 주인공 베르테르처럼 우울과 상실감으로 가득했다.

괴테는 "저는 사람들에게 '행복은 보일락 말락 하는 작은 간이역'이라고 말했습니다. 너무 바쁘게 살면 '행복의 간이역'을 놓치기 쉬우니 삶의 속도를 늦출 것을 당부했어요. 하지만 정작 저 자신은 바쁘게 사느라 간이역을 제대로 보지 못했습니다. 지금 돌아보니 인생에서 진짜 기쁨을 누린 시간은 17시간밖에 되지 않습니다."

신은 충격을 받았다. 지상 최고의 지식인조차 행복한 시간이 어떻게 하루도 되지 않을 수 있단 말인가? 뭔가 단단히 살못된 것이 분명했다.

신은 마지막으로 유명 인사가 아닌 평범한 인간을 만나보기로 마음을 먹었다. 천사에게 가장 평범한 인간 중에서 한 명을 찾아오라고 지시했다. 다시 지옥으로 날아간 천사는 고통으로 신음하는 한 노인을 발견하고 신에게 데려왔다.

그는 시계를 만들던 스위스 장인이었다. 제네바에서 평생 손으로 시계를 제조하다 여든 살에 생을 마감했다. 신은 그에게 똑같은 질문을 했다. 지상에서 행복을 누린 시간이 얼마나 되느냐고. 노인은 날짜와 시간을 손으로 꼽아가면서 자신의 행복을 계산하기 시작했다.

'잠자는 데 26년, 일하는 데 21년, 먹는 데 6년….'

한참 셈을 하던 노인이 갑자기 닭똥 같은 눈물을 흘리는 것이었다.

"아무리 계산해보아도 행복했던 시간은 46시간밖에 되지 않습니다. 제가 무엇을 위해 살았는지 정말 후회가 됩니다."

신은 마음이 아팠다. 가능하다면 그들의 고통을 대신하고 싶었다. 노인이 소매 깃으로 눈물을 훔치며 얘기했다.

"저의 어머니는 어릴 적부터 매일 세 번 이를 닦으라고 말씀하셨습니다. 정말 하루도 빠트리지 않고 열심히 이를 닦았어요. 하루에 꼬박 10분씩 말입니다. 제가 죽을 때까지 하얀 이를 간직한 것은 그 덕분이지요. 그렇게 일생 동안 이를 닦느라 사용한 시간이 200일이 넘습니다. 행복을 누린 시간보다 백배나 많습니다. 제가 신의 자녀로서 충직하게 인생을 산 것은 행복하기 위해서지 이를 잘 닦기 위해서가 아닙니다. 그런데 왜 이런 일이 벌어졌는지 도무지 영문을 모르겠습니다."

노인의 말은 틀린 구석이 하나도 없었다. 왜 이런 가치 전도 현상이 일어났을까? 신의 고뇌는 더욱 깊어졌다.


신은 이 문제를 해결하기 위해 천상회의를 소집했다. 신을 대신해 우주의 별들을 다스리는 천사들이 달려왔다. 수많은 천사들 중에서 스물여덟 명이 대표로 긴급회의에 참석했다. 안드로메다에선 아딜이 왔다. 안드로메다는 빛의 속도로 달려 196년이 걸리는 곳에 있는 별자리이다. 그보다 열 배나 멀리 떨어진 오리온에서 한걸음에 달려온 천사도 있었다. 다들 회의를 소집한 신의 뜻이 궁금했다. 회의장에 무거운 침묵이 흘렀다. 정적을 깨뜨린 이는 아딜이었다.

"신이시여! 스물여덟 명의 대표들이 모두 모였나이다. 저희를 부르신 까닭이 무엇이온지요?"

신이 침통한 어조로 말했다. 한 마디 한 마디에 간절함이 묻어났다.

"내가 인간을 창조한 것은 그들의 행복을 위해서니라. 인간의 기쁨을 보는 것이 나의 유일한 낙이다. 나는 그들이 행복할 수 있는 일이면 무엇이든 했다. 그런데 행복하기는커녕 불행하다고 느끼는 인간들만 자꾸 늘고 있다. 대체 무엇이 잘못되었단 말인가? 그들에게 행복을 되찾아줄 방도가 없겠느냐? 내가 너희들을 부른 것은 그 때문이니라."

천사들은 자신의 영지를 다스리는 과정에서 고통 받는 영혼들을 숱하게 보았다. 하지만 그 문제로 깊이 고심한 적이 없었다. 신처럼 그들의 고통을 자신의 아픔으로 여기지도 않았다. 그들의 고통은 자신이 지상에서 지은 죄과에 따라 당연히 받는 것이라고 생각했기 때문이다. 뒤늦게 신의 고통을 알아챈 천사들은 죄스러움에 고개를 들지 못했다. 그때 나직한 음성이 들려왔다.

"고개를 들어라. 너희들의 잘못이 아니다."

누구의 잘잘못을 따지기보다 인간이 불행에 빠진 정확한 원인을 찾는 것이 무엇보다 중요했다. 신은 천사들에게 왜 이런 일이 생겼는지 각자 그 원인을 말해보라고 했다. 천사들이 저마다 의견을 개진했다.

"인간이 탐욕스러워졌기 때문입니다."

"여유를 잃은 탓이라고 생각합니다."

"사랑이 식은 게 원인이 아닐까요?"

천상회의는 밤늦게까지 계속되었다. 중구난방으로 쏟아진 의견들은 결국 한곳으로 모아져 이런 결론에 이르게 되었다.

'인간은 예전보다 물질적으로 더 풍요롭고 더 긴 수명을 누리게 되었다. 그런데도 인간이 행복하지 못한 것은 물질적인 외부 요인 때문이 아니다. 일상의 소소한 것에서 기쁨을 얻지 못한 것이 원인이다.'

천사들의 결론에 신은 흡족한 표정을 지었다.

"이제 방향이 정해졌느니라. 너희들은 지상으로 내려가 인간이 일상에서 느끼는 '소소하지만 확실한 행복'을 한 가지씩 찾아오너라. 그런 지혜들을 널리 전파한다면 인간이 더 행복해지지 않겠느냐. 자, 떠나거라."

신의 명령을 받은 스물여덟 명의 천사들은 각자 지구별로 향했다. 천사들에게는 각자 천일의 기간이 주어졌다. 그들은 인간의 모습으로 변신해 인간의 직업을 갖고 인간으로서 생활했다. 인간처럼 희로애락을 갖고 인간의 입장에서 진짜 행복을 찾으려는 노력의 일환이었다.

천사들은 지구 곳곳을 돌아다녔다. 가끔 어른이나 아이로 변하거나 투명인간으로 둔갑하기도 했다. 행복에 도움이 된다면 고귀한 신분에서부터 미천한 거지에 이르기까지 누구도 가리지 않고 만났다. 타임머신을 타고 과거의 인간까지 만나 행복의 지혜를 구했다. 그들은 신이 약속한 기한 동안 확실한 행복을 '소확행小確幸'의 보따리에 담아 천상으로 귀환했다.

신은 천사들이 갖고 온 보따리를 차례로 풀었다. 이야기를 읽어가던 신의 얼굴이 밝게 빛났다. 눈가에 이슬이 맺히고 음성은 감동으로 가늘게 떨렸다.

"너희들이 행복의 씨앗을 구하기 위해 얼마나 애썼는지 알겠구나! 여기 이야기들은 하나하나 행복의 길잡이로 삼기에 부족함이 없다. 인간들이 이것만 숙지한다면 불행의 늪에서 나올 수 있을 것이야."

신은 소확행의 지혜들을 4개의 상자에 담았다. 첫 번째 상자에는 Attitude라는 표지를 붙였다. 자기 삶을 바라보는 '태도'에 관한 것이었다. 두 번째 상자에는 '존재'를 의미하는 Being이 부착되었다. 세 번째와 네 번째 상자엔 '좋은 접촉'을 뜻하는 Contact, '내려놓음'의 Disburdening이란 글귀가 씌어졌다.

이 책에 실린 내용은 지혜의 상자에 담긴 소확행 이야기들이다. 천사들이 온갖 신고를 무릅쓰고 지구별에서 채록한 28가지 지혜이다.

# 태도
## Attitude

인생은 ABCD이다. Birth(출생)에서 시작해서 Death(죽음)로 끝이 난다. 인간이라면 예외가 없다. 그런데 B와 D 사이에는 C가 반드시 존재한다. C는 Choice(선택)를 가리킨다.

인간은 살면서 수많은 선택의 순간을 맞는다. 커피를 마실 때도 어떤 가게에서 먹을지 먼저 결정해야 한다. 마음에 드는 커피숍을 골랐다면 이번에는 아메리카노를 마실지, 까페라떼를 마실지, 아니면 에스프레소를 먹을지 정해야 한다. 설탕을 넣을지, 얼음을 넣을지, 가게에 앉아서 먹을지, 테이크아웃을 할 건지 결정하는 것도 오로지 자신의 몫이다. 커피를 마시는 단순한 일에서조차 선택의 가짓수가 수백에 달한다. 한낱 커피가 이 정도라면 인간의 일생은 어떠하겠는가? 사소한 것에서부터 직업, 결혼 등 중대한 결정에 이르기까지 매 순간이 선택의 연속이다.

그런데 선택보다 더 중요한 게 있다. 알파벳의 첫 글자 A, 태도의 'Attitude'이다. 태도는 어떤 일이나 상황을 대하는 마음가짐이다. '내가 삶을 어떻게 바라보느냐?'에 따라 선택의 내용이 달라지고, 결국 삶의 풍경까지 바뀌게 된다. 인간의 위대한 발견 중 하나는 자신의 태도를 바꿈으로써 삶을 변화시킬 수 있다는 사실을 인지한 것이다. 내 힘으로 세상을 바꾸려고 안간힘을 쓰는 것은 현명한 처신이 못 된다. 나의 태도만 바꾸면 인생이 바뀌고 세상이 바뀐다.

천사가 영국의 웨스트민스터 대성당 지하 묘지에서 채록한 묘비명에는 이런 글이 적혀 있다고 한다.

'내가 젊고 자유로워 상상력의 한계가 없었을 때 나는 세상을 변화시키겠다는 꿈을 가졌다. 그러나 조금 더 나이가 들고 지혜를 얻었을 때 나는 세상이 변하지 않으리라는 것을 깨달았다. 그래서 시야를 약간 좁혀 내가 사는 나라를 변화시키겠다고 결심했다. 그러나 그것 역시 불가능한 일이라는 것을 알게 되었다. 그래서 마지막으로 나와 가장 가까운 내 가족을 변화시키겠다고 마음먹었다. 그러나 아무것도 달라지지 않았다. 이제 죽음을 맞이하기 위해 자리에 누워서 깨닫는다. 만약 내가 나 자신을 먼저 변화시켰더라면 그것을 보고 내 가족이 변화되었을 것을…. 또한 거기서 용기를 얻어 내 나라를 좋은 곳으로 바꿀 수 있었을 것을…. 그리고 누가 알겠는가? 세상도 변했을지.'

# 01
# 빨리 줘요,
# 내 돈!

### 단델리온<sup>Dandelion</sup>

민들레를 사랑하는 감사의 천사. 지상에서 감사의 씨앗을 구해 천상으로 무사히 귀환한다. 단델리온은 원래 전생에 민들레였다. 노아의 홍수가 났을 때 동물들이 한 쌍씩 방주에 탔으나 발이 땅에 붙은 민들레는 움직일 수 없었다. 민들레가 간절히 기도를 올리자 신은 바람으로 민들레 꽃씨를 날려 방주의 지붕 위에 올려놓았다. 마침내물이 빠진 뒤 민들레는 양지바른 산기슭에 예쁜 꽃을 피웠다. 노란 꽃은 하늘에 보내는 민들레의 '감사의 미소'였다.

단델리온 천사는 아침에 눈을 뜨면 맨 먼저 "감사합니다!"를 외친다. 그렇게 매일 천 번씩 일주일을 반복했더니 불평이 줄고, 한 달을 계속했더니 내면에서 감사의 싹이 트기 시작했다. 1년이 지나자 세상의 사물들이 달리 보이고 마음이 기쁨으로 가득 차는 것이었다.

환희의 에너지는 주변 천사에게로 퍼져나갔다. 동료 천사들은 그의 환한 얼굴을 보는 것만으로도 즐거웠다. 단델리온은 주위 천사들에게 입버릇처럼 말했다.

"한 번 '감사합니다!'를 외치는 데에는 1초밖에 걸리지 않아요. 하지만 감사의 약효는 최소 30초간 유지되고 그 시간 동안 어떤 불행도 침범할 수 없습니다. 1초를 투자해 30초의 행복을 얻는 것이죠. 이만큼 남는 장사가 어디 있겠어요? 1초의 기적에 투자하세요."

많은 천사들이 단델리온의 조언을 듣고 불평하는 습관을 고쳤다. 신은 그에게 '감사의 천사'라는 작위를 부여하고 늘 곁에 두었다.

신의 명을 받아 지구별에 도착한 단델리온은 무엇보다 감사하는 인간을 만나고 싶었다. 그는 인간들로 북적이는 도시와 한적한 시골을 돌아다니며 그들의 말과 행동을 유심히 관찰했다. 인간은 습관적으로 불평을 늘어놓으면서도 감사를 표하는 일에는 매우 인색했다. 천사는 답답한 심정으로 그들의 일상을 기록했다.

감사의 초인을 찾아다니던 천사는 마침내 한 중년 여성을 발견했다. 그녀는 이른 아침 청주행 시외버스 안에서 노트에 뭔가를 적고 있었다. 귀에 이어폰을 꽂은 채 얼굴에는 미소가 떠나지 않았다. 무엇이 저토록 즐거울까? 호기심이 발동한 천사는 몰래 그녀의 뒤를 밟았다.

그녀가 도착한 곳은 어려운 사람들을 돕는 복지관이었다. 앞마당에는 무리에서 떨어져 나온 곤줄박이 한 마리가 모이를 찾고 있었다.

"곤줄박이 안녕."

작은 새는 인사에 응대하듯 종종걸음으로 그녀의 뒤를 따랐다. 그녀는 직원들에게 일일이 눈을 맞춘 뒤 관장실로 들어갔다. 대학 교수로 변신한 단델리온은 관장실을 조심스럽게 노크했다. 유지선 관장이라는 명패가 시야에 들어왔다. 관장은 낯선 방문객의 등장에 어리둥절한 표정을 지었다.

"죄송해요! 부디 불청객의 무례를 용서하시기를."

"아닙니다. 무슨 일로…."

"버스 안에서 관장님의 기쁜 표정을 죽 지켜보았어요. 무엇을 그렇게 열심히 적고 계셨나요?"

"아, 그거요? 감사 일기예요. 좋은 느낌이 들 때마다 매일 틈틈이 쓰고 있어요."

"어떻게 매일 쓸 수가 있죠? 쓸 내용이 곧 바닥이 날 텐데요."

"그런 일은 없어요. 우물물을 아낀다고 오래 묵히면 지하수 구멍이 막혀 물이 잘 안 나온다고 하잖아요. 두레박으로 퍼내야 맑은 물이 계속 솟아나지요. '감사의 우물'도 자주 푸면 풀수록 더 많이 솟아난답니다."

"놀라운 사실이군요. 저에게 일기장을 잠시 보여줄 수 있나요?"

지선은 쑥스러운 표정으로 천사에게 감사 일기를 내밀었다. 노트에는 이런 글들이 씌어 있었다.

### 2018년 9월 2일 수요일

새벽부터 부지런을 떨면서 '장거리 여행'을 다녀왔다. 사실은 경북 예천 선산에 모셔둔 친정아버지 산소에 다녀온 날이다. 추석 전에 벌초도 하고 꽃도 갈아드리고 아버지한테 인사를 드리고 왔다. 2년 전에 다녀오고 오늘 가보니 무성하게 자란 풀들이 산소를 뒤덮고 있었다. 깨끗하게 벌초를 하고 아버지가 좋아하셨던 음식들을 챙겨놓고 인사드리고 사진도 찍고. 의미 있는 주말을 보낼 수 있어 감사했다.

- 왕복 7시간 이상 장거리 운전, 안전하게 다녀올 수 있어 감사
- 아버지 산소 벌초하고 깨끗하게 단장을 해드릴 수 있어 감사
- 오가는 길 가을의 정취를 만끽할 수 있어 감사
- 함께 동행해준 친구가 있어 감사
- 땀 흘리고 난 후 맛있는 갈비탕으로 점심을 먹게 되어 감사

인간은 평소에 자기가 가진 것의 소중함을 모른다.
건강을 잃고서야 그것의 가치를 알고,
가족을 잃고서야 뒤늦게 가족의 소중함을 깨닫는다.

그녀의 일기에는 이런 식으로 감사의 내용들이 매일 5개씩 적혀 있었다. 천사는 지선에게 하루 5시간을 통근하면서 어떻게 매일 고마운 마음을 간직할 수 있느냐고 물었다. 그녀가 사는 일산에서 청주까지는 왕복으로 300km나 되는 거리이다.

"저도 처음엔 '이렇게 먼 곳까지 출퇴근을 해야 하나'라고 생각을 했죠. 그러다 책에서 '100달러 심리 실험'에 관한 글을 읽고 마음을 바꾸게 되었어요. '내가 매일 귀한 선물을 받고 있구나!' 하고요."

지선은 책을 읽다 멍하니 벽을 쳐다보았던 순간을 회고했다. 책에서 "내 돈을 달라!"고 소리치는 사람이 바로 자신의 모습이었기 때문이다.

'현재'를 뜻하는 영어 단어 present는 '선물'이라는 의미도 함께 담고 있다. 인간은 신에게서 매일 24시간을 선물로 받고 있다. 꽃과 나무와 햇빛까지 덤으로 받는다. 100달러보다 귀한 선물들을 매일 공짜로 받으면서 그것을 당연하게 여기고 고마워하지 않는다.

세상에 당연한 것은 없다. 물과 공기와 햇빛은 내 곁에 영원히 머물지 않는다. 언젠가 나에게서 사라질 날이 분명히 올 것이다. 인간은 평소에 자기가 가진 것의 소중함을 모른다. 건강을 잃고서야 그것의 가치를 알고, 가족을 잃고서야 뒤늦게 가족의 소중함을 깨닫는다.

깊이 깨우친 지선은 자신의 삶을 불평에서 감사로 180도 전환해보기로 결심했다. 마음을 바꾸었더니 중년의 나이에 아직 일자리가 있다는 사실이 감사하게 다가왔다. 버스로 통근하는 5시간도 고통의 시간이 아니라 누구도 간섭할 수 없는 불가침의 시간으로 변했다. 그녀는 통근 시간에 차 안에서 책을 읽거나 차창 밖으로 펼쳐지는 자연의 파노라마를 만끽했다. 좋아하는 음악을 들으며 하루를 기쁨으로 충전할 수 있었다. 지선의 얼굴에서 밝은 미소가 떠나지 않은 것은 그런 이유였다.

"아침에 출근하면 직원들이 '관장님, 오늘 무슨 좋은 일이 있으세요?'라고 물어요. 당연하죠. 서울에서 청주까지 돈벼락을 맞았으니까요."

지선은 버스의 차창으로 본 나무들을 가격으로 환산해보라고 했다. 출근하는 동안 수백만 그루를 보았으니 적어도 수백억 원어치의 아름다움을 마음으로 느낀 '마음 부자'라는 것이다.

지선은 5년째 감사 일기를 쓴다. 매일 이렇게 감사로 충전하자 그녀와 가족에게도 좋은 일들이 생겨났다. 더 상쾌하게 잠에서 깨어났고, 더 몸이 건강해졌고, 덜 화를 내고, 덜 이기적인 사람이 되었다. 삶이 즐거워지고 행복한 사람이 되었다.

감사는 아마 행복과 동의어일 것이다. 감사하는 마음 없이는 절대 행복할 수 없으니까. 단델리온 천사는 지선이 들려준 이야기를 가슴에 고이 간직했다. 세상에서 가장 귀한 보물인 것처럼.

# 100달러 심리 실험

심리학자가 한 달 동안 특이한 실험을 했다. 어떤 마을 사람들에게 매일 공짜로 100달러씩 나누어준 뒤 그들의 반응을 관찰하는 것이었다.

첫째 날에 학자가 집집마다 100달러를 놓고 가자 사람들이 의심의 눈초리로 지켜보다가 멈칫멈칫 나와서 돈을 집어갔다. 둘째 날에도 비슷한 일이 벌어졌다. 셋째 날에는 날마다 집 앞에 100달러를 선물로 주고 가는 이상한 사람의 이야기로 동네가 떠들썩해지기 시작했다.

2주 정도의 시간이 흐르자 마을 사람들은 집 앞에 나와 그 사람이 언제쯤 올까 기다리게 되었다. 그가 오던 방향으로 뚫어지게 쳐다보는 사람도 있었다. 3주쯤 되어서는 더 이상 그 사람이 돈을 주고 가는 것을 신기하게 여기지 않았다. 4주가 되자 밥을 먹는 것처럼 당연한 일로 받아들였다.

드디어 한 달의 실험이 끝나는 마지막 날에 학자는 종전과는 달리 마을 사람들에게 돈을 나눠주지 않고 그냥 골목길을 지나갔다. 그러자 거친 반응들이 터져 나왔다. 마을 사람들이 문을 열고 나와 목청을 돋우며 소리쳤다.

"왜 내 돈을 안 주고 그냥 지나갑니까? 빨리 줘요, 내 돈!"

# 02
# 호사보다
# 무사가 낫다

레푸스 Lepus

토끼자리를 지키는 지혜의 천사. 교토삼굴(狡兔三窟)이라는 말이 있다. 꾀 많은 토끼는 굴을 세 개나 가지고 있기 때문에 외부의 공격을 피할 수 있다는 뜻이다. 그만큼 토끼는 꾀가 많고 지혜로운 동물이다. 하늘에서도 천사들은 위기나 재난으로 어려움에 처하면 레푸스에게 달려가 지혜를 구했다.

일상생활에서 진짜 기쁜 일은 많지 않다. 기쁨과 슬픔, 양단에 있는 일보다 중간 영역에 속한 일들이 대부분이다. 말하자면 우리 일상은 대개 '그저 그렇고 그런' 범사들로 채워져 있다.

그러므로 인간이 불행하다면 아마 범사를 다루는 지혜가 부족하기 때문일 것이다. 행복의 커트라인을 낮추어 평범한 일까지 행복의 범주에 포함시킨다면 행복의 양이 크게 증가할 게 틀림없다.

'지혜의 천사' 레푸스는 이런 생각에서 범사의 고마움을 아는 현자를 찾으러 길을 나섰다.

레푸스는 우선 미국 뉴욕공립도서관에서 행복에 관한 책들을 섭렵했다. 동서양의 철학과 현대의 생명과학에 이르기까지 행복에 도움 되는 것이라면 모두 읽고 메모했다. 그는 드디어 마음에 쏙 드는 구절을 발견했다.

'구름이 태양을 가리면 우울해지고, 길을 가다 돌부리에 걸려 넘어지면 재수가 없다고 생각한다. 그러면서 태양이 구름에 가려 있지 않을 때는 아무 관심도 갖지 않고, 길거리에 넘어지지 않아도 감사할 일이 아니라고 생각한다.'

안 좋은 일이 생겼다고 기분 나빠하기보다는 그런 일이 발생하지 않은 것에 고마워하라는 것이다. 감사는 기쁜 일이 생겼을 때만 하는 것이 아니라 무탈한 일상에서도 해야 한다는 얘기이다. 레푸스는 책을 쓴 영국 평론가 루빅의 혜안에 크게 탄복했다.

미국 유명 잡지의 기자로 변신한 천사는 비행기를 타고 곧장 영국으로 날아갔다. 런던의 날씨는 소문에서 듣던 대로 어둡고 칙칙했다. 스모그가 잔뜩 끼어 있었지만 기자는 평론가의 말을 떠올리며 애써 태연함을 유지했다.

기자는 루빅의 집으로 가기 위해 시내버스를 기다렸다. 한참이 지났는데도 버스가 오지 않았다. 도착 예정 시간을 20분이나 넘기고서야 빨간 버스가 모습을 드러냈다. 그 때문에 평론가와의 약속 시간에 늦고 말았다. 범사에 감사하자고 마음을 다잡았으나 잘 되지 않았다. 아직 화가 풀리지 않은 기자는 평론가를 만나자 대뜸 버스 얘기부터 꺼냈다.

"여기 버스는 정시에 도착하지 않는 모양이죠? 이렇게 목을 빼고 버스를 기다리다간 기린처럼 되겠어요."

"허허! 사람이 기린으로 변하면 곤란하지요. 런던에 사시면 곧 익숙해지실 겁니다."

평론가의 호탕한 웃음이 맑은 종소리처럼 실내에 울려 퍼졌다.

"사람들은 기자 분처럼 버스가 조금 늦게 오면 불평합니다. 그러나 정시에 도착하는 버스에 대해선 아무도 고마워하지 않아요. 제시간에 오는 버스가 훨씬 많은데도 말이에요. 런던의 지하철은 거미줄처럼 사방으로 연결되어 있습니다. 정확한 시간에 와서 사람들을 태우고 가지요. 집 앞에는 제가 좋아하는 빵 가게가 있어요. 아침 7시가 되면 김이 모락모락 나는 빵이 나옵니다. 7시 30분엔 배달원이 우유를 집으로 배달해주지요. 저는 신선한 빵을 사서 우유와 함께 먹습니다. 이처럼 우리 주변의 일상들은 천체의 운행처럼 착실히 돌아갑니다. 누군가의 땀과 수고가 있기에 가능

흔 일이죠. 저는 그 일상들이 너무 소중하고 고맙습니다."

'역시 명성을 듣던 대로군. 이분은 감사의 기준부터가 다르구나!'

기자는 내심 감탄하면서도 런던의 악취만큼은 꼭 짚고 넘어가야겠다고 생각했다.

"런던의 건물은 멋지고 고풍스러운데 하수구 냄새는 정말 고약해요. 제 코가 좀 예민하거든요."

"골목길을 걷다 역한 냄새가 올라오면 저도 불쾌한 기분이 듭니다. 하지만 그곳을 벗어나면 악취가 사라지고 상쾌한 공기가 코로 들어오지요. 악취를 맡는 시간보다 신선한 공기에 노출되는 시간이 훨씬 깁니다. 그런데도 사람들은 악취의 기억만 마음에 담아둡니다. 코끝으로 전해지는 산뜻한 공기 맛을 오래 기억하세요. 그것이 행복의 비결입니다."

평론가의 어투는 상냥했지만 실은 불평하는 기자의 습관을 꼬집고 있었다. 인간은 누가 병에 걸려 다리를 잘랐다면 굉장히 불행한 일을 당했다고 생각한다. 그렇다면 두 다리로 멀쩡히 걸을 수 있는 정상의 상태는 행운이 아닐까? 만약 이것을 행운으로 간주한다면 그의 삶에서 행운의 양이 엄청 늘어날 것이다.

"기자 분께서는 오십견을 앓은 적이 있으세요?"

"그럼요. 2년 전에 어깨가 쑤시고 욱신거려 도저히 잠을 잘 수 없었던 걸요. 그때는 '오십견만 낳으면 행복할 수 있을 텐데'라는 생각이 들었어요."

"오십견이 나은 후에 정말 행복해지셨나요?"

"그렇지는 않았죠. 병이 낫자 언제 그랬냐는 듯이 평소의 상태로 돌아가 버렸습니다."

오십견은 천사에게도 자주 발병하는 질환이다. 날개를 많이 쓰다 보니 어깻죽지의 회전근이 파열되고 관절에 염증이 생겨 고생하는 이들이 많았다. 질병이 고통이라면 병에 걸리지 않은 상태는 기쁨이라는 게 루빅의 설명이었다.

"사람들은 '병이 나으면, 승진을 하면, 집을 사면', 이런 식으로 행복에 자꾸 조건을 붙이죠. 조건을 달면 나중에 그 조건이 충족된 후에도 행복할 수 없어요. 인간의 욕망이 계속 다른 조건을 불러내기 때문이지요. 행복하려면 조건을 만들면 안 됩니다. 행복은 무조건입니다. 행복을 미루지 마세요. 지금 행복할 수 없는 사람은 다음에도 행복할 수 없습니다."

루빅은 책상 서랍에서 종이 한 장을 꺼냈다. 그는 백지에다 큼지막하게 '幸'이라고 썼다. 행복의 첫 글자인 다행 행이란 한자였다.

"사람들은 누구나 복을 받기를 원하지만 행복에서는 복보다 행이 더 중요합니다. 행을 잘하면 복이 저절로 굴러옵니다. 복은 남이 주는 것이지만 행은 스스로 만드는 것입니다. 남이 주는 것은 쉽게 사라지죠. 운 좋게 복권에 당첨된 사람들도 5년 안에 대부분 파산했다고 하잖아요. 그러나 자기가 만드는 것은 쉽사리 소멸되지 않고, 설혹 없어져도 다시 만들면 됩니다."

말을 마친 평론가는 幸이 적힌 종이를 상하좌우로 뒤집었다.

"보세요. 幸은 어떻게 뒤집어도 글자 모양이 바뀌지 않습니다. 주변 환경의 변화에 상관없이 좋은 느낌을 간직하는 것이 행입니다. 나에게 무슨 일이 생겨도 다행으로 여기는 절대 긍정의 정신이 행입니다."

살다 보면 고난과 시련이 닥칠 것이다. 그럴 때 '나에게 왜 이런 일이 생기나?'라고 한탄하기보다 '이만하면 다행'이라고 생각을 바꾸면 좋지 않을까. 길을 걷다 넘어졌어도 코가 안 깨어졌으면 이만하면 다행이라고 생각하고, 자동차 사고로 범퍼가 찌그러졌어도 사람이 안 다쳤다면 이만하면 다행으로 여길 일이다. 자기에게 어떤 나쁜 일이 생겨도 행으로 돌려놓는 사람이라면 행복하지 않을 도리가 없을 것이다.

　시인은 평론가의 말을 듣고 천상의 생활을 돌아보았다. 그가 다스리는 토끼자리에는 작은 문제라도 생기면 소심한 토끼처럼 안절부절못하는 영혼들이 많았다. 늘 호사好事만 생기기를 바라면서 무사無事의 소중함을 알지 못했다. 그런 영혼들에게 전해준 평론가의 지혜는 이것이다.

　'호사보다 무사가 낫다.'

# 03
# 돌멩이를
# 끓이는 법

## 로투스 Lotus

천상에서 꿈과 소망을 전하는 희망의 천사. 로투스는 원래 연못에 피는 연꽃이었으나 신께서 연꽃의 덕목을 본받을 수 있도록 하늘로 올려 천사의 지위를 부여했다. 연꽃은 진흙 속에서도 예쁜 꽃을 피운다. 맑은 물에서 핀 꽃은 크기가 3cm 정도밖에 되지 않지만 진흙이 있는 흙탕물에서는 20cm 크기로 꽃을 피운다. 자신의 불운한 환경을 탓하지 않고 오히려 그것을 자양분으로 삼는 셈이다. 일전에 중국 학자들이 1천 300년 전의 연꽃 씨앗을 발아시킨 적이 있다. 천년이 지나서까지 꽃을 피울 수 있었던 것은 어떤 고난에서도 포기하지 않는 '희망의 DNA'가 연꽃 속에 내재되어 있기 때문일 것이다.

인간은 밤이 되면 태양이 사라졌다고 생각한다. 그러나 지상으로 향하는 햇빛은 단 1초도 멈춘 적이 없다. 칠흑 같은 밤에도 태양은 지구 반대편을 비추고 있고, 설혹 구름이 태양을 가렸을지라도 햇살이 구름 위를 비춘다는 것은 부인할 수 없는 사실이다. 희망이란 그런 것이다.

만약 나의 눈에 짙은 그림자만 보인다면 태양을 등지고 그림자만 쳐다보고 있지 않은지 생각해볼 일이다. 그림자가 있다는 것은 그 또한 태양이 존재한다는 증거가 아닌가? 그러니 그림자가 아니라 태양이 있는 쪽으로 돌아서야 한다.

'희망의 천사' 로투스는 희망의 소중함을 직접 체험하기 위해 가장 절망적인 사람으로 변신했다. 그는 실직의 고통을 겪는 20대 청년이 되었다.

청년은 굴지의 대기업에 입사 지원서를 넣었다. 학력과

스펙이 신통치 않은 그는 보기 좋게 낙방했다. 그렇게 지원서를 넣은 곳이 50번이 넘었지만 면접까지 통과한 경우는 거의 없었다. 실패의 쓴 잔을 마시는 횟수가 늘면서 실낱같은 희망은 점차 절망으로 변하기 시작했다.

청년이 입사 지원서를 제출하기 위해 어느 대기업을 방문한 날이었다. 현관 1층에서 엘리베이터를 타기 위해 버튼을 눌렀다. 1층에 도착한 엘리베이터의 문이 열리자 청년은 무심코 탑승했다. 그런데 엘리베이터는 인사팀이 있는 20층이 아니라 지하로 내려가는 게 아닌가!

"어! 엘리베이터가 내려가네. 제대로 되는 일이 하나도 없어."

청년이 투덜대며 불평을 터뜨렸다. 그 말을 들은 나이 지긋한 신사가 말했다.

"걱정할 거 없어요. 내려갔으니 곧 올라갈 겁니다. 끝까지 내려갔다면 올라갈 일밖에 없겠죠."

"감사합니다. 제가 너무 경솔했어요."

청년은 겸손한 표정으로 신사를 바라보았다.

엘리베이터는 건물 맨 아래층인 지하 6층에서 멈추었다.

신사는 그곳 주차장에서 승용차를 타고 외출하려던 모양이었다. 그때 청년의 축 처진 어깨를 보고 있던 신사가 한 가지 제안을 했다.

"내가 1시간 정도 시간이 있는데 괜찮다면 커피 한 잔 하시겠어요?"

청년이 고마움을 표하자 중년 신사는 1층으로 올라와 커피숍으로 들어갔다.

"선생님, 고맙습니다. 일면식도 없는 저에게 이런 친절을 베풀어주시다니요."

"아닙니다. 나도 요즘 젊은이들과 이야기를 나누고 싶었어요."

청년은 신사에게 이곳을 방문한 이유와 저간의 사정을 이야기했다. 신사는 청년의 불운에 고개를 끄떡이며 공감을 표했다.

"젊은이의 얘기를 들으니 예전의 나를 보는 것 같군요. 입사시험에 여러 번 낙방하고 나면 친구 만나기도 싫어지지요. 옆에서 힘내라고 하지만 정작 자신에게는 낼 힘이 없는 걸요."

"어쩜, 제 마음을 그렇게 잘 아세요. 자주 만나던 친구와 연락을 끊은 지도 오래 되었습니다. 제가 점점 소심한 인간으로 변하고 있지 않은지 두려워요."

"그럴수록 정반대로 생각을 바꾸어 보면 어떨까요. 조금 전에 엘리베이터에서 처음 만났을 때 내려갔으면 올라갈 일밖에 없다는 말을 기억하세요?"

"네, 선생님의 그 말씀이 얼마나 위로가 되었는데요."

"땅바닥으로 떨어지는 공을 보세요. 공을 떨어뜨리면 계속 낙하하다 바닥에 닿으면 튀어 오르지요. 공이 튀어 오르는 반발력은 낙하하는 공의 높이가 높을수록 증가합니다. 추락하는 고통의 시간이 고스란히 반등의 에너지로 전환되는 것이죠. 또 바닥이 딱딱하면 공이 받는 충격과 아픔이 크겠지만 반발력은 그만큼 증가합니다. 큰 고난을 겪은 인물이 그것을 극복하고 나중에 거목으로 성장하는 것은 그런 까닭입니다."

"지금 제가 겪는 고난이 아무 쓸모가 없는 게 아니라는 말씀이시군요."

"그래요. 세상에 무가치한 고난은 없습니다. 맹자께서는 이런 말씀을 하셨지요. '하늘이 어떤 사람에게 큰일을 맡기려면 반드시 먼저 그의 마음을 괴롭히고, 그의 살과 뼈를 지치게 만들고, 그의 육신을 주려 마르게 하고, 그의 생활을 궁핍하게 하고, 그가 하는 일마다 뜻대로 되지 않게 만든다. 그것은 그 사람을 단련시켜 하늘의 사명을 능히 해낼 수 있는 역량을 길러주기 위함이니라.' 지금 자기 앞에 놓인 고난에 긍정적인 자세로 임하면 훗날 반드시 더 큰 성공과 행복으로 돌아올 것입니다."

"고난이 삶의 밑거름이 된다고 생각하니 용기가 납니다."

"다이아몬드와 숯의 차이를 아세요? 둘은 똑같이 탄소로 이루어져 있지만 둘의 가치는 하늘과 땅 차이입니다. 그 차이의 비밀은 생성과정에 있어요. 숯은 나무를 불에 태워 당장 만들 수 있지만 다이아몬드는 땅속에서 장구한 세월 동안 엄청난 고열과 압력을 견뎌내야 합니다. 긴 인고의 과정을 거쳐야 보석의 왕이 될 수 있습니다. 제가 프랑스 동화 하나 들려드릴까요?"

"네, 어떤 이야기인지 궁금합니다."

"어떤 프랑스 마을에 가난한 할머니 한 분이 살고 있었어요. 며칠을 굶은 할머니는 냄비 하나를 들고 거리로 나갔습니다. 그녀는 냇가에서 깨끗한 돌멩이 하나를 주워서 냄비에 넣은 뒤 물을 끓이기 시작했어요. 지나가던 소금 장수가 그걸 보고 묻자 할머니는 '우리 집안 대대로 내려오는 비법으로 아주 맛있는 국을 끓이고 있다'고 말했어요. 소금 장수는 자기도 맛을 보게 해달라면서 옆에서 기다렸습니다. 아직 국에 소금이 들어가지 않은 사실을 안 소금 장수는 냄비에 소금을 넣었어요. 때마침 배추 장수와 고기 장수가 지나가면서 이런 식으로 배추와 고기를 냄비에 넣게 되었어요. 마침내 따뜻한 국이 만들어져 모두 맛있게 먹었습니다. 나는 이 돌멩이가 희망이라고 생각해요. 희망만 있으면 돌멩이로도 국을 끓일 수 있습니다."

"정말 놀랍군요. 희망에게 그렇게 대단한 힘이 있는 줄 미처 몰랐습니다."

중년 신사는 희망이 없으면 우리 삶은 유지될 수 없다고 강조했다. 그는 단테의 《신곡》을 보면 지옥의 입구에 '일체의 희망을 버려라'는 간판이 걸려 있다고 했다. 더 이상 희망이 없는 곳이 바로 지옥이라는 것이다.

희망은 동물과 구별 짓는 인간의 특징이다. 오직 인간만이 희망을 품고 그것을 이루기 위해 살아가기 때문이다. 신사와 헤어진 청년은 인사팀으로 올라가기 위해 1층 엘리베이터 앞에 섰다. 그의 발걸음은 1시간 전보다 훨씬 가벼웠다.

# 04

# 반지꽃과
# 오랑캐꽃

## 바이올라 Viola

부정적인 면보다 밝은 쪽을 보려고 애쓰는 긍정의 천사. 제비꽃이 변해 천사가 되었다. 제비꽃은 오랑캐꽃과 반지꽃이라는 두 개의 이름을 갖고 있지만 바이올라 천사는 반지꽃이란 긍정의 언어를 더 좋아한다.

하늘의 천사들도 생각이나 성격이 천차만별이다. 똑같은 현상을 놓고도 긍정적으로 보는 천사들이 있는 반면 부정적으로 보는 천사들이 있다. 긍정 마인드를 지닌 천사들은 마음이 봄볕처럼 온화했으나 부정적인 천사들은 마음에 냉기가 돌았다.

바이올라 천사는 긍정적인 자세를 행복에서 불가결한 요소로 꼽았다. 그는 천상에서 제비꽃으로 보라색 반지를 만들어 손가락에 끼고 다녔다. 어떤 천사는 "하필 오랑캐꽃으로 반지를 만드느냐?"며 그에게 핀잔을 주었다. 오랑캐꽃은 꽃의 생김새가 오랑캐의 투구와 닮았다고 해서 붙여진 이름이다. 그럴 때마다 바이올라는 "반지꽃!"이라고 정정해주었다. 사실 제비꽃은 오랑캐꽃과 반지꽃이라는 두 개의 별칭을 갖고 있다. 바이올라의 선택은 언제나 긍정적인 후자 쪽이었다.

　지상에 도착한 천사의 관심사는 '절대 긍정'이었다. 자신의 삶을 긍정 마인드로 무장한 인간을 찾는 일은 쉽지 않았다.

　대만 스펀 지방을 여행하던 천사는 피곤한 다리를 잠시 쉬게 하고 싶었다. 손님으로 변장해 한 카페에 들어갔다. 부부가 운영하는 갤러리를 겸한 카페였다. 1층은 커피를 파는 가게였고, 2층 전시공간에는 부부가 그린 유화 작품들이 하얀 벽면을 채우고 있었다. 그림에는 시멘트로 만든 전봇대가 단골 소재로 등장했다. 수많은 전선들이 집으로 이어지거나 전봇대에 달린 가로등이 불을 환하게 밝힌 모습이 인상적이었다.

　한가한 오후 시간이어선지 가게에는 손님이 없었다. 주인 남편과 천사, 둘이 전부였다. 천사는 따뜻한 커피를 주문했다. 남자가 커피를 내리는 동안 슬쩍 말을 건넸다.

　"선생님의 그림에 전봇대가 주인공처럼 등장합니다. 무슨 특별한 이유라도 있으세요?"

　"전봇대는 고마운 존재이니까요. 전봇대가 없으면 집에 전기가 들어올 수 없죠. 제가 지금 커피를 끓일 수도 없고요. 밥을 먹을 수도, 방을 데울 수도 없지요."

"아, 그렇군요."

"저는 전깃줄을 관계의 끈으로 봅니다. 수많은 집과 집을 끝없이 연결해주잖아요. 전깃줄을 죽 따라가면 모든 집들이 하나로 이어집니다."

바이올라 천사는 사진을 찍는 게 취미였다. 그는 지구에 와서 꽃과 나무를 카메라에 담을 때 반드시 전봇대를 빼고 찍었다. 전봇대를 요리조리 피해 찍느라 애를 먹은 적이 한두 번이 아니었다. 전봇대를 거추장스럽고 흉물스러운 존재로 여긴 것이다.

"보는 관점에 따라 전봇대가 고마운 존재가 되고, 흉물이 되기도 하는군요."

"모든 일이 그렇지요. 악장제거무비초惡將除去無非草 호취간래총시화好取看來總是花라는 말이 있지 않습니까? 나쁘다고 베어버리자니 풀 아닌 게 없고, 좋다고 두고 보자니 모두 꽃이라는 뜻이죠. 어떤 관점을 갖고 보느냐에 따라 세상은 풀밭도 되고 꽃밭도 됩니다. 선택은 각자의 몫이지요."

"세상을 긍정적으로 볼 것이냐, 부정적으로 볼 것이냐,

그것에 행복과 불행이 판가름 난다는 뜻인가요?"

"맞아요. 긍정적인 사람은 지금 세상에서 천국을 경험하고, 부정적인 사람은 지옥을 경험하니까요."

화가가 얘기한 것처럼 인간은 자기만의 색안경을 끼고 세상을 본다. 행복한 사람이 낀 색안경의 이름은 '긍정'이다. 불행한 사람은 '부정'이란 색안경을 통해 세상을 바라본다. 삶에서 중요한 것은 시력보다 시각이다. 시력이 나빠지면 안경점을 찾아 안경 도수를 높이면 된다. 하지만 시각은 여간해선 교정이 어렵다. 시각이 잘못되면 자신이 보는 사물이 왜곡된 형태로 인식될 수밖에 없을 것이다.

화가는 책에서 읽었다는 조선 태조 이성계와 무학 대사의 '돼지와 부처'에 관한 일화를 천사에게 들려주었다. 부처의 눈에는 세상의 모든 것이 부처로 보이고 돼지의 눈에는 모두 돼지로 보인다는 내용이었다. 화가의 얘기를 들은 천사는 어깨가 흔들릴 정도로 깔깔 웃었다. 너무 웃은 탓인지 배꼽이 저렸다. 천사가 말했다.

"정말 사람들은 자기가 보고 싶은 것만 봐요."

"그건 사람의 눈이 각기 다르기 때문이지요. 세상을 보는

행복한 사람이 낀 색안경의 이름은 '긍정'이다.
불행한 사람은 '부정'이란 색안경을 통해 세상을 바라본다.

눈에는 청안靑眼과 백안白眼이 있습니다. 청안은 좋은 마음으로 남을 보는 눈이고, 백안은 눈의 흰자위가 나오게 흘겨보는 눈입니다. 청안을 가진 사람에겐 부처가 보이겠지만 백안을 가진 이에게는 돼지만 보이죠. 무학 대사가 청안을 가졌다면 이성계의 눈은 백안인 셈입니다."

"설마 돼지만 눈에 보이는 사람이 어디 있겠어요? 사람은 다 아름답게 세상을 보고 싶어 하잖아요."

"물론 그렇긴 하죠. 하지만 아름다움은 누구에게나 허용되는 게 아니에요. 수정체가 혼탁하거나 일그러지면 망막에 제대로 상이 맺힐 수 없듯이 뒤틀린 초점으로는 세상을 바로 볼 수 없어요."

"생각만 해도 끔찍해요. 온 세상이 꿀꿀거리는 돼지로 가득하다는 것이⋯."

"자기 눈에 그렇게 비치니 어쩌겠어요. 우리 앞에 펼쳐진 세상은 절대 똑같은 세상이 아닙니다. 사람은 각자의 경험, 지식 등을 토대로 세상을 인식합니다. 각자의 관점에 따라 이해하고 해석한 대로 자신의 세상이 열리고 그 세상에서 살아갑니다. 세상을 보는 자신의 시각을 바꾸지 않으면 진정한 행복을 얻을 수 없습니다."

"아무리 시각이 중요하다고 해도 나를 둘러싼 환경이나 여건도 무시할 수 없지 않은가요? 얼마 전 TV에서 남태평양의 아름다운 산호섬을 본 적이 있어요. '저런 곳에서 산다면 얼마나 행복할까'라는 생각이 들었어요."

"환경이나 여건을 간과할 순 없겠죠. 그래서 다들 좋은 곳으로 이사를 가려고 하잖아요. 하지만 저는 환경이 삶에 미치는 영향이 상대적이라면 시각은 절대적이라고 봐요. 실제 미국 캘리포니아에서 살면 더 행복할 거라고 생각하는 사람들을 그곳에 살게 했더니 행복감에서 별로 차이가 없었다고 해요. 처음에는 행복감이 높아졌다가 조금 시간이 지나자 각자 자신의 행복 수준으로 되돌아갔습니다. 환경만 바뀌고 사물을 보는 관점이나 시각이 바뀌지 않은 탓이죠."

"환경을 바꾸려 하기보다 자기부터 먼저 바꾸라는 말씀이군요."

"그렇죠. 정작 변해야 하는 것은 자기 자신입니다. 내가 변하면 세상도 바뀝니다."

화가의 말이 긴 여운으로 남았다. 천사는 지혜의 언어들

을 깨알 같은 글씨로 적었다. 카페를 나서면서 고마운 전봇
대의 모습까지 렌즈에 담았다.

# 돼지냐, 부처냐

'부처 눈(佛眼)'으로 보면 부처만 보이고, '돼지의 눈(豚目)'으로 보면 돼지만 보인다. 무학대사와 조선 태조 이성계의 대화에서 유래한 말이다. 무학대사는 태조의 왕사로서 이성계를 도와 조선 건국에 기여한 인물이다.

어느 날 무학대사가 기거하는 산사를 찾은 이성계가 대사에게 서로 농을 해보자고 제안했다.

"요즘 대사께서는 살이 딩딩하게 쪄서 마치 돼지 같소이다."

"대왕의 용안은 언제 보아도 부처님 같으십니다."

"아니, 농을 하자고 해놓고 칭찬을 하면 어떡하오?"

"칭찬이 아니옵니다. 본래 돼지의 눈에는 돼지만 보이고, 부처의 눈에는 부처만 보이는 법이지요."

이성계는 "오늘 대사를 면박주려다 오히려 내가 당했구려."라며 껄껄 웃었다. 무학대사는 짧은 농담을 통해 돼지의 눈이 아니라 부처의 눈으로 백성들을 바라보면서 나라를 다스릴 것을 조언한 것이다.

## 05

# 두 마리 개를
# 조심하세요

데네브 Deneb

백조자리를 지키는 순수의 천사. 은하수 중앙에 십자가 모양으로 늘어선 별들이 백조자리이다. 그리스 신화에서는 바람기가 많은 제우스가 변한 것으로 전해진다. 순수한 영혼을 지닌 데네브 천사는 행복의 본질을 꿰뚫어볼 수 있는 순수한 눈을 찾고자 과거로 시간여행을 떠난다.

인간 세상에는 재미있는 일들이 무시로 펼쳐진다. 이른 아침에 한 가정에서 작은 소동이 일어났다.

"아니 당신, 이걸로 이를 닦은 거예요. 이건 치약이 아니에요."

아내가 놀란 표정으로 혀를 찼다. 그 말에 칫솔질을 마친 남편이 세면대로 번개같이 달려갔다. '아뿔싸! 세면대에 놓인 것은 치약이 아니라 발바닥 각질 치료제가 아닌가!' 아내가 유럽 여행을 다녀와서 선물한 독일제 약품이었다. 겉모양이 치약과 비슷해 그만 혼동한 것이었다.

인간이 가장 확실하다고 여기는 눈도 이렇게 자주 오작동을 일으킨다. 어떤 인간은 칫솔을 들고 치약을 짜려고 하다가 무심코 냉장고에 든 고추장통을 꺼냈다. 또 다른 인간은 치약을 샴푸로 알고 꾹 짜서 머리를 감았다고 한다.

'순수의 천사' 데네브는 치약 소동을 지켜보면서 인간의 눈이 매우 부정확하다는 사실을 알게 되었다. 그런데도 인간은 자기 눈을 진실의 잣대로 삼는다.

사실 여부를 놓고 다툴 때 대뜸 "네 눈으로 봤냐?"고 따진다. 눈으로 본 것을 무조건 진실로 믿어버린다. 이처럼 주변의 사물들을 정확히 인식하지 못한다면 삶을 제대로 영위하기 어려울 것이다.

천사는 이런 생각에서 사물의 본질을 꿰뚫어보는 '순수한 눈'을 찾기 위해 연암 박지원이 사는 조선시대로 시간여행을 떠났다. 연암은 과거시험 1차에서 1등을 하고도 2차에 백지를 제출한 뒤 금강산 유람을 떠날 정도로 성격이 호방했다. 고상한 척하는 사람을 싫어했으며, 인습이나 구속을 떠나 사물의 참모습을 보려고 애썼다.

연암을 찾는 일은 녹록지 않았다. 그가 수도 한양의 야동, 재동, 백탑 근처로 여러 번 집을 옮겨 다녔기 때문이다. 도성 안 청계천에는 맑은 물이 흘렀고, 초가집들이 옹기종기 모여 있었다. 짚으로 이은 지붕 위에는 보름달처럼 생긴 박이 익어가고 있었다. 흰옷을 입은 사람들이 지게로 짐을 나르는 풍경이 이채로웠다. 양반으로 변장한 천사는 머리에 갓을 쓰고 상투를 틀었다.

드디어 연암의 집에 당도했다. 그는 툇마루에 앉아 따사로운 햇볕을 즐기고 있었다. 흰 수염과 눈썹을 기른 모습이 동양화 속 도인처럼 느껴졌다. 통성명과 수인사를 마친 천사는 곧장 본론으로 들어갔다. 눈으로 본 것이 왜 진실이 아니라고 생각하는지를 물었다.

"마음이 주인이라면 눈은 종에 불과하지요. 눈은 사물을 있는 그대로 보는 게 아니라 마음이 시키는 대로 봅니다. 마음이 삐뚤어져 있으면 눈으로 보는 사물은 삐뚤어질 것입니다. 헛생각을 지닌 마음으로 보면 천지가 온통 헛생각이 됩니다. 그러니 눈으로 본 것을 진실이라고 믿을 수 있겠습니까?"

조선의 대문호인 연암의 말은 거침이 없었다. 목소리는 폭포에서 떨어지는 물처럼 시원하면서도 울림이 컸다.

"우리는 눈으로 본 것을 진실로 단정하는 경향이 있어요. 까마귀를 한번 보세요. 까마귀의 날개가 새까맣다고 생각하지만 자세히 보면 꼭 그렇지도 않아요. 까만색에 옅은 황금

빛이 돌고, 햇살이 비치면 녹색이나 자주색을 발하다 눈이 어른어른하면 비취색으로 변합니다."

"까마귀에게서 서로 다른 다섯 가지 색을 찾아내다니요. 대단한 관찰력이십니다."

"허허! 칭찬을 듣자고 하는 게 아니에요. 우리 눈이 그만큼 불완전하다는 점을 말씀드리는 것입니다. 사람은 평생 두 마리 개犬와 동거한다고 하잖아요. 선입견과 편견 말이죠. 완전하다고 믿는 눈이 이런 지경이라면 내가 가진 지식과 경험, 판단 중에서 진실에 부합한 것은 과연 얼마나 될까요?"

우리 눈은 사물을 보기 위해 필요하지만 그 눈은 정확한 인식을 자주 방해한다. 눈이 화려한 외양에 현혹되면서 사물의 본질을 놓치는 경우가 많기 때문이다. 사람을 평가할 때도 그가 입은 값비싼 옷이나 외모에 따라 다른 점수를 주지 않는가?

연암이 강조했듯이 바깥만 쳐다보는 사람은 내면에 소홀하기 쉽다. 본질을 성찰하기 위해서는 때론 눈을 감을 필요가 있다.

서양에서 시성으로 불리는 호메로스는 맹인이었다. 그는 바깥을 향해 질문을 던지는 대신에 자신에게 "나는 누구인가?"라고 끊임없이 물었다고 한다. 아마 그것이 위대한 서사시《일리아스》,《오디세이아》를 만든 정신적 자산이 되지 않았을까.

"제가 사신단의 일원으로 청나라에 간 일이 있었지요. 사람들이 낮에 물살이 거센 요하 강을 건너는데 모두 하늘을 쳐다보는 겁니다."

"강을 무사히 건너게 해달라고 하늘에 기도를 하는 게 아닐까요?"

"저도 처음엔 그런 줄로만 생각했어요. 나중에 알고 보니 붉은 황톳물이 무서워 머리를 들고 있는 것이었어요. 밤에 건널 때는 하늘을 쳐다보는 사람은 아무도 없었습니다. 밤에는 물소리가 무섭다고 야단이었어요. 낮에는 눈에 현혹되고 밤에는 귀에 정신이 뺏기는 것이죠."

연암은 이런 이치를 깨닫고 보니 하룻밤에 아홉 번 요하 강을 건넜는데도 전혀 두렵지 않았다고 회고했다.

연암이 존경하는 공자도 비슷한 경험을 했던 모양이다.

제자들과 천하를 주유하던 공자는 한 제자를 의심한 적이 있었다. 뒤늦게 자신이 잘못 본 것을 알고는 "눈도 믿을 것이 못 된다."고 한탄했다.

연암은 '공자의 탄식'을 전하면서 한낱 범부인 자신의 눈을 어떻게 믿을 수 있느냐고 반문했다.

"사물의 참모습을 보려면 육안肉眼이 아니라 마음에 있는 심안心眼을 떠야 합니다. 이목에 휘둘리면 많이 보고 들은 것이 되레 병이 됩니다. 마음으로 봐야 제대로 볼 수 있어요."

인생이라는 강은 요하 강보다 넓고 물살도 거칠다. 나의 눈이 어긋나 있으면 그 강을 제대로 건널 수 있겠는가? 행복한 삶을 살기 위해서는 먼저 마음의 눈을 떠야 한다. 마음의 눈을 열고 세상을 봐야 한다.

# 공자의 탄식

제자들과 천하를 주유하던 공자가 진나라와 채나라 사이에서 발이 묶이고 말았다. 공자 일행은 군사들에게 포위되어 7일 동안 밥을 먹지 못했다. 다행히 안회가 마을에 가서 쌀을 얻어와 밥을 지었다. 마루에서 낮잠을 자던 공자는 구수한 밥 냄새에 눈을 떴다. 그때 수제자인 안회가 솥뚜껑을 열더니 몰래 밥을 한 숟가락 퍼먹는 것이었다.

'스승이 먼저 수저도 뜨지 않았는데 제자가 먼저 음식을 먹다니! 옛말에 사흘 굶으면 담장을 넘지 않는 사람이 없다고 했다. 내가 가장 아끼던 수제자가 그 정도의 사람이란 말인가.'

공자는 속으로 이런 괘씸한 생각이 들었다. 성인의 처지에서 범부처럼 화를 낼 수도 없어 한 가지 묘안을 짜냈다.

"안회야, 내가 방금 꿈속에서 선친을 뵈었단다. 이 밥으로 아버지께 먼저 제사를 올리자꾸나."

안회의 자복을 받아낼 요량으로 제사 얘기를 꺼낸 것이다. 알다시피 제사 음식은 절대 사람의 손을 타서는 안 된다. 안회가 말했다.

"스승님, 이 밥으로 제사를 지낼 수 없습니다. 제가 솥뚜껑을 여는 순간 천장에서 흙덩이가 떨어졌어요. 버리자니 아까워 제가 그 부분을 숟가락으로 떠먹었습니다."

공자는 잠시 안회를 의심한 것을 후회하며 제자들에게 이렇게 말했다.

"예전에 나는 내 눈을 믿었다. 그런데 내 눈도 완전히 믿을 것이 못 되는구나."

## 06

# 두 번째 화살에
# 맞지 마라

아푸스 Apus

극락조자리를 관장하는 기쁨의 천사. 극락조자리는 하늘의 남극 가까이에 있는 별자리이다. 아푸스는 그리스어로 '발이 없다'는 뜻이다. 새가 발을 사용할 필요가 없을 정도로 생활의 모든 조건들이 완벽하게 갖춰져 있는 곳이 극락이라는 의미를 담고 있다. 지상에 온 아푸스 천사는 인간들이 낙원처럼 풍족한 환경에서도 행복을 누리지 못하는 이유가 기쁨을 선택하는 능력이 부족하기 때문이라는 점을 알게 된다.

좋은 일이 있으면 누구나 기뻐한다. 지극히 당연하다. 삼척동자도 할 수 있는 일이다. 문제는 나쁜 일이 터졌을 경우이다. 나쁜 일이 생기면 그것이 영원히 지속될 것처럼 괴로워하는 이들이 많다. 불행을 키우는 나쁜 습관이 아닐까 싶다. 만약 좋지 않은 일이 생겼을 때에도 마음의 안정을 취할수 있다면 불행한 감정에서 빨리 벗어날 수 있지 않을까.

미국 대통령 프랭클린 루스벨트는 자기에게 일어난 나쁜일조차 좋은 쪽으로 돌려놓는 기막힌 재주를 지녔다.

그가 대통령이 되기 전의 일이다. 도둑이 집에 침입해 물건을 훔쳐갔다. 한 친구가 그 소식을 듣고 편지를 써서 위로했다. 그러자 루스벨트가 이런 답장을 보냈다.

"편지를 보내 위로해주니 정말 고맙네. 지금 나는 마음이무척 편안하다네. 신에게 감사드리고 있지. 첫째는 도둑이 훔쳐간 것이 내 목숨이 아니라 내 물건이라는 것, 둘째는 도둑이 내 물건 전부가 아니라 일부만 훔쳐갔다는 것, 셋째 가장 다행스러운 일은 도둑이 된 것은 내가 아니라 그라는 사실이지.”

도둑을 맞고도 평정심을 유지하기란 평범한 인간으로선 매우 어려운 일이다. 그러나 마음의 안정을 얻으려면 고통의 수렁에서 빨리 빠져나와야 한다.

'기쁨의 천사' 아푸스는 루스벨트 대통령에게서 그 비결을 듣고 싶었다. 관건은 백악관에 사는 대통령에게 어떻게 접근하느냐였다. 그는 열두 살 소녀로 변신하기로 했다. 소녀 아푸스는 대통령에게 한 통의 편지를 띄웠다.

'저는 메인 주에서 사는 초등학생 아푸스입니다. 작년에 아빠가 생일 선물로 스위스제 오르골을 사주셨어요. 제가 가장 아끼던 보물 1호예요. 그런데 얼마 전에 그걸 잃어버리고 말았어요. 너무 슬펐습니다. 대통령님께서는 도둑을 맞은 적이 있다고 들었어요. 그런 속상한 일을 겪고도 어떻게 다행으로 여길 수 있는지 이해가 되지 않아요. 그 비결을 가르쳐주신다면 제 삶에 큰 도움이 될 거 같아요.'

편지를 받은 대통령은 국정으로 바빴지만 당찬 소녀를 만나보고 싶었다. 자신의 얘기가 소녀의 인생에 도움이 된다면 한 사람을 행복으로 인도할 수도 있는 일이었다. 자신의 일정이 비는 일요일 오후를 택해 백악관으로 소녀를 초대했다.

소녀가 백악관에 도착했을 때 대통령 부부는 정원에서 비둘기에게 모이를 주고 있었다. 새끼 비둘기 한 마리가 무엄하게도 대통령의 어깨에 똥을 누었다.

"아직 응가도 못 가리는 녀석이군. 이걸 먹고 어서 자라라."

대통령은 새끼 비둘기에게 빵 부스러기를 던져주었다. 녀석이 염치도 없이 쪼르르 달려와 쪼아 먹었다. 그 모습을 보고 부부가 빙그레 미소를 지었다. 소녀는 경호원들의 안내를 받아 대통령 부부에게 다가갔다.

"대통령 할아버지, 안녕하세요?"

"어서 와요, 아푸스 양."

대통령은 꼬마 숙녀에게 앙증맞게 생긴 반달 모양의 쿠키를 권했다. 대통령은 편지 얘기를 꺼내면서 소녀를 위로

했다.

"마음이 몹시 아팠겠구나!"

소녀는 천천히 고개를 끄떡였다. 잃어버린 오르골이 생각났는지 눈가엔 벌써 이슬이 맺혔다.

"생각해보렴. 운다고 오르골이 돌아올 수 있겠니?"

"오르골을 생각하면 저도 모르게 눈물이 나는 걸요."

"슬플 때는 울어야지. 슬픔이 완전히 씻겨나갈 수 있도록 말이야. 그러나 언제까지 울 수는 없지 않겠니? 이렇게 생각해보면 어떨까? 오르골은 아름다운 소리를 지녔으니 분명히 좋은 주인을 만나 귀여움을 받고 있을 거야. 오르골이 새 주인과 잘 지내도록 하려면 네 마음에서 기쁘게 보내주어야 한단다."

"저도 오르골의 행복을 빌어주고 싶어요."

"우리 함께 해보자꾸나. 자, 이렇게 눈을 감고 기도를 하는 거야."

대통령은 아푸스의 손을 잡고 기도를 올렸다. 그런 뒤 두 번째 화살을 맞지 말라는 위대한 성자의 가르침을 전했다.

사람은 살면서 온갖 종류의 고난을 겪는다. 그 고난이 첫 번째 화살이다. 화살을 맞으면 대개 '누가 화살을 쏘았나?', '하필 내가 왜 화살을 맞아야 하나?'라고 괴로워한다. 그게 두 번째 화살이다. 대통령은 첫 번째 화살보다 자기 스스로 슬픔이나 괴로움을 키우는 두 번째 화살이 더 위험하다고 말했다.

"아푸스, 행복도 선택이란다. 행복을 원하면 행복한 감정을 선택하면 돼. 주위에 죽상을 하거나 한숨을 푹푹 쉬는 사람들이 있지 않니? 그 사람들은 절대 행복할 수 없단다. 왜냐하면 그들 스스로 불행한 감정을 골랐으니까. 그것은 스스로 행복을 내쫓는 일이란다."

옆에서 대화를 듣고 있던 영부인 엘리너의 말이었다. 주위에는 조금만 불편해도 투덜대는 이들이 적지 않다. 영부인의 얘기처럼 사실 그들은 스스로 불행을 선택한 사람들이다. 그러고선 '왜 나만 불행하나?'고 되레 하늘을 원망한다.

엘리너는 불행을 물리치는 방법을 완벽하게 터득한 사람이었다. 그녀는 어떤 상황에서도 나쁜 감정에 젖지 않도록 자신을 추슬렀다. 심지어 자식이 죽는 끔찍한 비극이 닥쳤을 때 이렇게 기도했다고 한다.

"신이여, 아직도 저에게는 사랑하는 아이가 다섯이나 있습니다."

부부에게는 이런 일화가 전해진다. 남편 프랭클린이 정계에 진출해 한창 활동하던 무렵에 소아마비에 걸렸다. 다리를 쇠붙이에 고정시킨 채 휠체어를 타고 다녀야 했다. 절망에 빠진 그가 아내에게 말했다.

"나는 불구자요. 그래도 나를 사랑하겠소?"

"그럼요. 제가 지금까지 당신의 두 다리만 사랑했나요?"

남편의 모든 것을 사랑한다는 아내의 격려에 프랭클린은 다시 용기를 내었다. 훗날 대통령이 되어 뉴딜정책으로 미국을 경제공황에서 구했고, 제2차 세계대전을 승리로 이끌었다. 희망을 보는 대통령 부부 덕분에 국민들이 불황과 전쟁의 고통에서 더 빨리 헤어날 수 있지 않았을까.

대통령은 입가에 미소를 띤 채 지그시 눈을 감았다. 그런 후 자기 손녀를 대하듯이 부드러운 음성으로 소녀에게 말했다.

"얘야! 우리가 존경하는 링컨 대통령이 말했듯이 사람이 얼마나 행복하게 될 것인지는 자기 결심에 달려 있단다. 삶에는 늘 두 가지 선택이 있지. '좋은 기분'과 '나쁜 기분' 말이야. 나는 아침에 일어날 때 언제나 좋은 기분 쪽을 택하지. 너도 좋은 기분을 선택해보지 않겠니?"

"네, 알겠어요. 이제 기쁜 마음으로 오르골을 보내줄 수 있을 것 같아요."

부부는 소녀의 용기에 박수를 보냈다. 소녀도 고사리손으로 손뼉을 쳤다. 그 소리에 비둘기들이 놀라 일제히 하늘로 날아올랐다. 서녘을 기웃거리던 석양이 새의 날갯죽지에 실려 황금빛으로 흩어졌다.

# 07
# 기쁨을
# 발견하는 능력

.

시카모어<sup>Sycamore</sup>

천상의 나무를 관리하는 나무의 천사. 시카모어는 원래 도시의 가로수로 흔히 쓰이는 미국 플라타너스였다. 플라타너스는 톱으로 사지가 잘려 나가도 변함없이 인간에게 시원한 그늘을 선사한다. 아낌없이 주는 나무의 덕목을 간직한 플라타너스에게 하늘의 소임이 내려진 것은 결코 우연이 아닐 것이다.

성공하려면 성공을 위해 노력해야 한다. 돈을 벌려면 열심히 일하고 머리도 써야 한다. 공부를 잘하려면 잠자는 시간이라도 줄여야 한다. 그것이 만고의 진리이다. 행복도 마찬가지다. 행복을 원한다면 그것을 위해 노력해야 한다. 그런데 인간은 행복을 위해 별로 노력하지 않는다.

'나무의 천사' 시카모어 천사는 호주의 수목원을 거닐다 나무를 손질하는 늙은 정원사를 보았다. 그는 나뭇가지를 가위로 정갈하게 다듬고 있었다. 천사의 눈이 머문 곳은 그의 능숙한 손길이 아니었다. 나무를 바라보는 온화한 눈길이었다.

"나무들이 곱게 자랐네요. 나무가 기뻐하는 모습이 저에게도 느껴져요."

정원사는 가위를 내려놓고 천사를 바라보았다. 편안하고

인생의 목적이 행복이라면서
왜 학교에서 아이들에게 행복을 가르치지 않는가.
공부 잘하는 법, 돈 잘 버는 법을 가르치듯이
어릴 때부터 행복할 수 있는 능력을 길러주어야 한다.

푸근한 표정이었다.

"저는 나무를 사랑합니다. 나무도 저를 사랑하고요."

정원사는 거의 반세기 동안 나무와 동고동락을 했다. 그런 까닭에 잎과 가지만 보아도 나무들이 피곤한지, 어디가 아픈지 단박에 알아챌 수 있다고 했다. 천사가 말했다.

"저도 화분에 해피트리 한 그루를 가꾼 적이 있어요. 깜박 잊고서 한동안 물을 주지 않았더니 잎이 말라 떨어졌어요. 얼마나 속이 상하던지…."

"나무는 거짓말을 안 해요. 물을 주지 않으면 가지가 축 처지고 잎이 시들지요. 자주 어루만져 주어야 수형도 예쁘게 변한답니다. 가끔 거름도 주고 벌레도 잡아주어야 하고요. 저는 행복도 나무를 가꾸는 일과 비슷하다고 생각해요."

시카모어는 천상의 나무들을 관리하는 직책을 맡고 있었기에 나무의 속성을 잘 알고 있었다. 그런데 그 나무에 행복의 비결이 숨어 있다니! 늙은 정원사는 자신이 정성을 쏟는 만큼 '행복의 나무'도 예쁘게 자랄 것이라고 말하는 것이었다.

"행복은 노력입니다. 요즘 다이어트 붐이 일고 있잖아요. 살을 빼거나 성공에 쏟는 노력의 절반이라도 기울인다면 지금보다 더 행복해질 수 있습니다. 당장 걸음걸이부터 씩씩하게 바꿔보세요. 힘차게 걸으면 힘이 솟고 행복감이 높아질 테니까요."

실제로 미국 심리학자 사라 스노드그래스는 걸음걸이의 변화가 감정 상태에 미치는 영향을 조사했다. 피실험자 절반에게 3분 동안 고개를 들고 팔을 휘두르면서 성큼성큼 걷게 하고, 나머지 절반에게는 땅바닥을 보고 발을 질질 끌며 걷게 했더니 힘차게 걸은 사람의 행복감이 맥없이 걸은 사람보다 높았다고 한다.

나무와 생활하는 정원사가 가장 많이 만나는 동물은 꿀벌이었다. 정원사는 행복에 관한 지침서들이 수없이 많지만 다들 그것을 실천하지 않는다면서 꿀벌에게서 실천과 행동을 배워보라고 당부했다.

"꿀벌은 굉장히 부지런합니다. 꿀 1g를 모으기 위해 5,600송이의 꽃을 찾아다니죠. 삶의 달콤함을 맛보고 싶다면 꿀벌처럼 부지런히 행복의 화밀을 채집해야 합니다. 꿀벌만큼 행복에 매진한다면 세상에 불행한 사람이 아마 없을 거예요."

정원사는 가장 이해할 수 없는 일이 행복에 무관심한 것이라고 했다. 인생의 목적이 행복이라면서 왜 학교에서 아이들에게 행복을 가르치지 않느냐는 것이었다. 공부 잘하는 법, 돈 잘 버는 법을 가르치듯이 어릴 때부터 행복할 수 있는 능력을 길러주어야 한다는 얘기였다.

"천재와 둔재는 공부에만 있는 게 아니에요. 행복에도 있어요. 우리 주변에 있는 기쁨의 소재들을 1퍼센트밖에 이용하지 못하는 사람이 둔재라면 행복 천재들은 100퍼센트 활용합니다. 만약 우리가 기쁨을 발견하고 활용하는 능력을 키워간다면 그만큼 더 행복할 수 있을 것입니다."

늙은 정원사는 학식과 경험이 매우 풍부했다. 그의 지식은 진한 육수처럼 삶에서 우러나는 것이었다. 말과 손짓은 잘 다듬어진 정원수처럼 기품이 넘쳐났다. 평생 동안 나무 아래에서 틈틈이 책을 읽고 사색한 덕분이었다.

정원사의 말처럼 인간이 불행한 것은 노력이 부족한 때문일 것이다. 돈이나 지위를 얻기 위해 온종일 돌아다니는 사람은 많아도 행복을 위해 밤잠을 설쳤다는 얘기는 들어본 적이 없다. 어려운 수학 문제를 풀려고 머리를 짜내는 학생도 행복을 위해서는 머리를 쓰지 않는다. 직장인이 아침에 출근하듯이 꼬박꼬박 행복을 구하는 사람은 없다. 과연 인간에게 행복을 향한 간절함이 있는가?

# 존재
## Being

인생은 종종 항해에 비유된다. 물론 선장은 자기 자신이다. 나는 내 운명의 주인, 내 영혼의 선장이다.

인생의 항해는 무척 길다. 자그마치 백년이 걸리는 긴 여정이다. 도중에 파도가 치고 암초가 배의 몸통을 칠 것이다. 그런 난관을 헤쳐 나가려면 무엇보다 선장을 신뢰해야 한다. 자신의 가치를 끝까지 믿고 존중해주어야 한다.

내가 나를 받아주지 않으면 나는 설 곳이 없다. 내가 먼저 나를 사랑해야 남도 나를 사랑하는 법이다. 자신을 사랑하지 않으면서 어떻게 세상이 나를 사랑해주지 않는다고 원망할 수 있겠는가? 내가 내 편이 되지 않는데 누가 내 편이 되어주겠는가?

나는 충분히 사랑받을 가치가 있는 사람이다. 사람은 각자 우주에서 하나밖에 없는 진품이다. 유일무이한 존재이므로 가치를 따질 수도 없다. 자신을 폄하하는 것은 인간의 가치를 모르는 문외한의 행동일 뿐이다.

지금까지 자신을 사랑하지 않고서 행복을 누린 인간은 아무도 없
다. 자신을 아끼고 믿어주어야 한다. 삶을 즐거운 항해로 만드는 비
결이다.

# 01

# 우주가 거하는
# 당신에게 경배합니다

## 스피카 Spica

처녀자리를 관장하는 생명의 천사. 신화에서 스피카는 여신이 손에 쥔 보리 이삭으로 생명을 상징한다. 처녀자리의 별들은 하늘에서 은빛을 발산해 처녀라는 이름에 어울리는 청순한 인상을 준다. 방출하는 빛의 세기는 태양보다 1만 배 강하다.

아인슈타인이 인도의 간디에게 한 통의 편지를 띄웠다. 간디가 천민들에게 허리를 굽혀 인사하는 장면을 보고 궁금증이 발동한 것이다.

"당신이 하고 있는 인사말은 무슨 뜻인가요?"

몇 달 뒤 간디의 답장이 도착했다.

"나마스테입니다. '나는 온 우주가 거하는 당신 내면의 장소에 절한다'는 뜻이지요."

아인슈타인은 쇠망치로 머리를 맞은 듯한 충격을 느꼈다. 그는 천체의 신비를 풀기 위해 평생 동안 광활한 우주를 뒤졌다. 그런데 자기가 찾던 그 우주가 인간의 내면에 있다니!

나마스테는 요즘 인도 사람들이 즐겨 쓰는 인사말이다. '나는 당신 안의 신에게 경배합니다', '신이 당신에게 주신 재능에 경의를 표합니다'라는 의미를 담고 있다.

'생명의 천사' 스피카는 인간 내면에 있다는 우주를 알고 싶었다. 그는 세계적 생물학자인 스테판 러셀 교수가 재직하고 있는 미국 하버드대학교를 찾아갔다. 대학생으로 변신해 러셀의 수업을 신청했다.

## 첫 수업: 생명의 문을 열다

드디어 첫 수업의 막이 올랐다. 200석이 넘는 강의실 안은 수강생들로 꽉 들어찼다. 교수가 강단에 서자 웅성거리던 실내는 쥐 죽은 듯 고요해졌다. 교수가 또렷한 목청으로 말문을 열었다.

"제 강좌의 제목은 '인간에서 찾은 우주'입니다. 저는 생물학을 연구하면서 비로소 생명의 신비와 인간의 위대함을 알게 되었습니다. 여러분들도 그 진실에 접근한다면 자신을 대하는 자세와 타인을 바라보는 시각이 달라질 것입니다. 지금부터 제가 들려드릴 과학적 진실이 앞으로 여러분의 삶과 행복에 기여할 수 있기를 기대합니다."

말을 마친 러셀 교수는 두 개의 사슬이 꽈배기처럼 꼬인 그림을 학생들에게 보여주었다.

"이것이 무엇인 줄 아세요?"

"DNA입니다."

"맞습니다. 우리의 유전자를 담고 있는 그릇이죠."

교수는 건장한 체격 기준으로 볼 때 한 사람의 몸 안에 100조 개의 세포가 있고, 각 세포의 염색체 안에는 30억 개의 염기들로 구성된 DNA가 들어있다고 했다. 이 염기들의 배열 순서에 따라 생명체의 유전적 특성이 각기 다르게 나타난다는 것이다.

"그럼, 한 사람의 몸속에 든 DNA 사슬을 풀어서 한 줄로 이으면 길이가 얼마나 될까요?"

"엠파이어스테이트 빌딩이요."

"에베레스트 산 높이만큼 되지 않을까요?"

"뉴욕시 한 바퀴쯤 될 거 같아요."

교수가 고개를 절레절레 흔들며 더 큰 숫자를 말해보라고 했다.

지구 한 바퀴라고 대답하는 학생이 있는가 하면 지구에서 달까지의 거리를 제시하는 학생도 있었다.

교수는 빙그레 웃으면서 칠판에 숫자를 썼다.

'180,000,000,000km'

"아!" 하는 탄성이 학생들의 입에서 흘러나왔다.

1개 세포 속에 있는 DNA 사슬의 길이가 약 1.8m이므로 100조 개의 세포라면 1천 800억km가 된다. 지구에서 태양까지 거리가 1억 5천만km이니 1천 200번 갈 수 있는 거리이다.

이 어마어마한 유전자 그릇에 개인이 접하는 각종 정보들이 저장된다는 게 러셀 교수의 설명이었다.

한 학생이 번쩍 손을 들었다.

"자네, 무엇이 궁금한가?"

"교수님, 지금 강의실에서 보고 듣고 느끼는 것까지 유전자에 저장이 되나요?"

"그렇다네. 자네가 묻고 내가 대답하는 것까지 모두 기록되지."

교수는 호흡을 가다듬었다. 학생들은 호기심에 침을 꼴깍 삼켰다. 러셀은 에모리대학교 의과대학의 흥미로운 실험을 학생들에게 들려주었다.

"연구팀이 쥐에게 벚꽃 향기가 나는 아세토페논 냄새를 맡게 한 뒤 전기 충격을 주었어요. 이러한 과정을 몇 번 반복했더니 쥐는 아세토페논 냄새만 맡아도 전기 충격을 받은 것처럼 몸서리치는 반응을 보였어요. 여기까지는 누구나 예견할 수 있는 결과입니다. 놀라운 일은 그 후에 나타났어요. 어미 쥐가 낳은 새끼에게 아세토페논 냄새를 맡게 했더니 새끼 쥐가 부들부들 떨면서 도망쳤습니다. 손자 쥐 역시 마찬가지였어요. 자녀와 손자에게까지 두려움이 유전된 것이죠. 신체 특징뿐 아니라 감정도 유전자에 부호화되어 대물림된다는 사실이 입증된 것입니다. 쥐의 경우처럼 인간이 겪는 슬픔이나 고통, 두려움은 사라지지 않고 유전자에 차곡차곡 저장됩니다. 두려움이 유전된다면 기쁘거나 슬픈 경험도 유전되지 않을까요? 어떤 자극이 어떻게 다음 세대로 유전되는지는 앞으로 과학이 규명해야 할 숙제가 아닐까 생각합니다."

러셀 교수가 인간의 유전자는 고정불변이 아니라고 했다. 유전자는 내가 생각하고 행동하는 모든 것에 반응하며 생활 방식, 습관, 마음가짐 등에 따라 변이를 일으키거나 진화한 나는 섯이다.

나의 경험이나 생각이 나와 내 자손의 삶과 행복에 영향을 미치는 만큼 생각 하나, 행동 하나 허투루 해선 안 된다고 강조했다.

교수는 학생들에게 적혈구 사진을 보여주었다. 적혈구는 혈관 속을 돌아다니면서 몸의 각 기관에 산소를 공급하고 이산화탄소를 배출하는 역할을 한다. 그것이 호흡이라는 것이다.

"적혈구는 정말 부지런합니다. 명절에도 쉬지 않고 연중무휴로 일합니다. 법정근로시간도, 초과근로수당도 없어요. 적혈구가 단 몇 분만 파업을 해도 인간은 생존할 수 없습니다. 우리 몸에는 25조 개의 적혈구가 있는데, 이들이 1년 동안 총 이동하는 거리가 얼마쯤 될까요?"

학생들은 방금 전의 경험을 떠올리고는 더 큰 숫자들을 불렀다. 지구에서 태양까지 거리의 1만 배를 제시한 학생도 있었다.

교수는 회심의 미소를 짓더니 칠판에 숫자를 적었다.

'10,800,000,000,000,000km'

교수는 숫자에 대한 상상력을 키워보라며 이렇게 설명했다. 세상에서 가장 빠른 빛은 1초에 30만km, 달까지 가는 데 불과 1.2초밖에 걸리지 않는다. 칠판에 적힌 1경 800조km라면 빛이 1천 80년 가는 거리에 해당한다.

스피카 천사는 자기가 떠나온 북극성까지의 거리를 생각해보았다. 빛으로 434년이 걸리는 거리이다. 적혈구의 연간 이동거리는 그보다 2.5배나 멀다.

"적혈구는 나의 생명을 유지하기 위해 그 먼 거리를 이동합니다. 인간은 우주적이고 신적인 존재입니다. 여러분 모두가 그런 고귀한 존재입니다."

우레와 같은 박수가 터져 나왔다. 천사도 박수를 쳤다. 첫 수업이 끝났다. 자신의 소중한 가치를 돌아볼 수 있는 시간이었다는 생각이 들었다.


## 두 번째 수업: 행운과 대박의 주인공

두 번째 강의가 시작되었다.

천사는 러셀의 수업을 기다리는 1주일이 한 달처럼 느껴졌다. 강의실에서 상기된 표정으로 교수가 들어오기를 기다렸다.

강의가 시작되자 러셀은 먼저 앞쪽에 앉은 한 학생에게 질문했다.

"율리아, 올해 나이가 몇이지? 멋진 숙녀에게 나이를 물어서 미안하지만… ."

"스물둘입니다, 교수님!"

"참 좋은 나이네. 하지만 내가 율리아의 나이를 엄청 늘려야겠어."

"이제부터 율리아 양의 진짜 나이는 137억 22세야. 알겠지?"

학생들이 "와!" 하고 소리쳤다. 율리아는 영문을 모르겠다는 듯 어깨를 으쓱했다.

교수가 차분히 설명했다.

"율리아가 존재하려면 우주 탄생에서 지금까지 모든 과정이 빠짐없이 있어야 하네. 우주 대폭발이 있고, 태양이 탄생하고, 지구가 탄생하고, 생물이 탄생하고, 사람이 탄생하고, 만대 조 할아버지, 천대 조, 백대 조, 십대 조, 할아버지, 아버지, 이렇게 137억 22년이란 장구한 세월을 거쳐 완성된 것이 지금의 율리아이네. 만약 까마득한 옛적에 우주의 대폭발이 없었다면 율리아가 존재할 수 있을까? 먼지 알갱이가 모여 태양과 지구가 만들어지지 않았다면, 거기서 작은 생명의 씨앗이 움트지 않았다면 율리아가 여기서 강의를 들을 수 있을까?"

"정말 놀라운 사실이네요. 지금까지 단순히 엄마 아빠가 저를 낳았다고 생각했는데 수많은 엄마 아빠가 존재한다는 말씀이군요?"

"맞아. 정확히 이해했어."

러셀 교수는 율리아를 칭찬한 뒤 강의를 계속했다.

"진화론적 관점에서 다시 생각해봅시다. 인류의 기원은 300만 년 전 아프리카에서 시작되었습니다. 그때 나의 아프리카 할아버지와 할머니가 코뿔소에 받혀 돌아가셨다면 지금의 나는 없습니다. 그 후손이 유럽으로 이주하다 얼어죽었다면, 또 무사히 정착했더라도 수많은 전쟁과 전염병에서 살아남지 못했다면 지금의 나는 없습니다. 나의 수많은 할아버지와 할머니 중에서 단 한 분이라도 총각처녀로 남았다면 지금의 나는 존재할 수 없습니다. 결혼을 했다고 해도 나의 할아버지가 다른 할머니와 눈이 맞았다면 나는 여기에 없습니다. 율리아가 아니라 다른 사람이 되었겠지요. 지금 내가 있기까지에는 무수한 생명의 고리가 있습니다. 그 고리가 하나만 끊어져도 나는 존재할 수 없습니다."

러셀 교수는 학생들에게 잠시 10초만 눈을 감고 그 생명의 고리를 느껴보라고 했다.

학생들이 눈을 감자 교수는 "나에게 최고의 행운은 무엇이라고 생각하느냐?"고 물었다.

학생들이 머뭇거리자 '인간으로 생명을 부여받은 것'이라고 단호하게 말했다. 지금의 나는 수많은 행운과 성공으로 탄생한 결과물이라는 것이다.

러셀 교수는 인간이 행운의 결과물이라는 사실을 기필코 증명하려는 듯 이번엔 로또복권 얘기를 꺼냈다.

"행운과 성공 이야기가 나왔으니 좀 더 말해보죠. 예전 미국에서 1조 7천억 원짜리 파워볼 당첨자가 나왔습니다. 그 복권에 당첨될 확률이 대략 3억분의 1이더군요. 여러분이 태어날 확률 역시 3억분의 1입니다. 내가 태어나려면 단 하

"나에게 최고의 행운은 무엇이라고 생각하는가?"
'인간으로 생명을 부여받은 것'이다.
지금의 나는 수많은 행운과 성공으로 탄생한 결과물이다.

나의 정자가 3억대 1의 경쟁률을 뚫고 1등으로 난자 안으로 들어가야 합니다. 여러분은 치열한 경쟁률을 뚫고 세계 최고의 명문 하버드에 입학했지만 이런 경쟁에서 우승한 적은 없을 것입니다. 하지만 여러분은 3억대 1의 경쟁률을 뚫고 인간으로 태어나 지금 이 자리에 존재하고 있습니다. 만약 다른 정자가 들어갔다면 딴 사람이 태어났을 겁니다. 여러분은 각자 1조 7천억 원짜리 복권에 당첨된 것입니다. 대박의 주인공들입니다."

학생들은 대박의 주인공이라는 설명에 일제히 환호성을 울렸다. 어떤 학생은 손가락을 입에 넣고 길게 휘파람을 불었다.

"이런 비유를 해보죠. 하늘나라에서 신이 이런 방을 붙였어요. '달리기 대회를 열어 1등을 한 영혼에게는 인간으로 태어날 권리를 부여하겠노라.' 그 방을 보고 우주 각지에서 영혼들이 도착했습니다. 한 청년의 영혼도 경기장으로 나왔습니다. 그가 경기장에 도착해보니 참가자가 무려 3억 명이나 되었습니다. 총성이 울리자 모두 앞으로 뛰어나갔어요. 경기 코스는 매우 험난해서 무수한 참가자들이 쓰러졌습니다. 청년은 포기하지 않고 이를 악물고 달렸습니다. 마침내 그는 1등으로 골인했습니다. 신은 3억 명 중에서 우승한 그에게만 인간의 생명을 부여했습니다. 부상으로 마음껏 꿈꿀 수 있는 능력, 그것을 이룰 수 있는 자유와 인내와 용기를 주었습니다. 우리 모두는 각자 이렇게 해서 지상에 출현한 것입니다."

그런데 실제 인간의 출생 확률은 3억분의 1이 훨씬 넘는다고 한다. 내가 존재하려면 아버지, 어머니, 할아버지, 할머니가 있어야 하기 때문에 아버지도 3억분의 1, 어머니도 3억분의 1, 할아버지도 3억분의 1, 할머니도 3억분의 1 확률로 태어나야 한다.

이런 식으로 무수한 조상들의 3억분의 1 확률이 거듭된 후에 비로소 나의 출생이 가능하다.

러셀 교수는 이렇게 인간으로 태어나는 순간뿐만 아니라 인간이 살아가는 과정도 행운의 연속이라고 했다.

"사람의 몸에는 매일 5천 개의 암세포가 만들어집니다. 17초에 1개꼴로 암세포가 생기는 것이죠. 이 강의를 듣는 1시간 동안에도 내 몸속에서 수백 개의 암세포가 생기고 있습니다. 그런데도 암에 걸리지 않는 것은 백혈구의 일종인 킬러 T세포가 암세포와의 싸움에서 매번 승리해 제거하기 때문입니다. 만약 단 한 번만 패배해도 우리는 암에 걸리고 맙니다. 그렇다면 암에 걸린 것이 운이 나쁜 게 아니라 안 걸린 게 기적이 아닌가요? 우리는 매일 5천 번의 전투에서 5천 번 모두 승리합니다. 세상에 이런 영웅이 어디 있습니까? 이런 일들이 지금도 여러분의 몸속에서 일어나고 있습니다. 우리 모두는 각자 최고의 영웅이자 기적 같은 존재입니다. 내가 태어나고 살아가는 것이 기적이고, 내 옆에 있는 사람 역시 기적입니다."

러셀 교수는 기적의 가치를 인식한다면 우리의 삶이 달라질 것이고, 삶의 주인공으로 당당히 살아갈 수 있다고 했다. 누구에게 주눅이 들거나 타인을 깎아내리는 행위를 할 수 없다는 것이다.

기적을 믿어라. 기적을 믿지 않고 어떻게 내 삶에 기적이 생기기를 바라겠는가.

## 마지막 수업: 기적을 말하다

인간은 자신에게 기적이 일어나기를 바란다. 위기나 고난에 처하면 더욱 간절한 심정으로 기적을 갈구한다.

러셀 교수는 마지막 세 번째 시간에는 그 기적에 관해 말하겠다고 했다. 교수는 어떤 이야기보따리를 풀어놓을까? 학생들은 귀를 쫑긋 세웠다.

"여러분, 무엇을 기적이라고 생각하세요?"

학생들은 저마다 자기가 알고 있는 기적을 이야기하기 시작했다.

"아르헨티나 메탄시에서 성모 마리아상이 피눈물을 흘린다는 뉴스를 보았어요. 많은 사람들이 기도하러 찾아간다고 합니다. 교수님, 이것이 기적이 아닐까요?"

"병원에서 수술을 포기한 말기 유방암 환자가 신비한 물을 마시고 건강을 회복했습니다. 기적임이 분명합니다."

"미국의 셰난도아 국립공원에서 삼림 경비원으로 근무했던 로이 설리번은 일곱 번 벼락을 맞고도 살아났습니다. 기네스북에도 세계에서 벼락을 가장 많이 맞은 사람으로 올라

있죠. 설리번이야말로 기적의 산증인입니다."

학생들이 중구난방으로 의견을 개진하자 교수는 인도 수행자의 이야기를 들려주었다.

히말라야 설산에서 하산한 수행자가 갠지스 강 위를 걸어서 건넜다. 수행자가 12년 고행 끝에 얻은 초능력이라고 자랑하자 한 성자가 "그걸 배우려고 그 고생을 했단 말이오."라고 꼬집었다. 뱃사공에게 돈 몇 푼만 주면 강을 건너게 해주는데 무엇 때문에 그런 고생을 하느냐는 타박이었다.

"기적이란 모세처럼 홍해를 가르는 것이 아닙니다. 중국의 임제 선사가 얘기했듯이 기적은 물 위를 걷는 일이 아니라 땅 위를 걷는 이 일입니다. 우리가 살아 있고 살아가는 것이 기적입니다. 우리의 삶이 바로 기적입니다."

인간은 하루에 2만 6천 번 숨을 쉬고, 심장은 10만 번 고동친다. 그것은 한순간도 멈춘 적이 없다. 뇌 속에선 초당 10만 번 화학작용이 일어난다. 세포는 1초에 500만 개씩 죽고 태어난다. 한 치의 어긋남이 없이 지속되는 그것보다 더 놀라운 기적이 있을까?

"지상의 모든 생명은 기적 같은 존재입니다. 아이오와주

"여러분은 모두 '지구별'이라는 우주선을 타고 있는 여행자입니다.
준비물은 필요 없어요. 신께서 모두 갖추어 놓았으니까요.
멋지게 여행을 즐길 자세만 갖추고 있으면 됩니다.
부디, 아름다운 인생 여행이 되길 바랍니다."

립대학교에서 이런 실험을 했어요. 나무상자에 모래를 채우고 호밀 한 포기를 심었어요. 넉 달 동안 물을 주고 기른 뒤 호밀을 꺼내 모래를 털어내고 뿌리의 길이를 모두 측정했습니다. 호밀 뿌리 중에서 보이는 것은 자로 재고, 보이지 않는 실뿌리는 현미경으로 일일이 조사했습니다. 그 뿌리의 길이가 얼마나 되는지 아세요?”

학생들은 교수의 얼굴을 뚫어지게 쳐다보았다. 또 어떤 기적의 숫자가 교수의 입에서 나올지 궁금했던 것이다.

“뿌리의 총 길이가 무려 1만 1천 200km에 달했어요.”

맙소사! 학생들은 벌어진 입을 다물지 못했다. 호밀의 뿌리가 뉴욕에서 런던까지 왕복할 수 있는 거리라니! 그 연약한 호밀이 살아가기 위해 대서양을 두 번 횡단할 수 있는 길이까지 뿌리를 뻗은 것이다.

교수는 과학이 발달하면 세상의 신비가 점점 사라질 것이라고 생각하지만 전혀 그렇지 않다고 말했다. 생물학을 연구하는 과정에서 생명의 오묘한 이치를 접하면서 전율을 느꼈다고 털어놨다.

생명은 알면 신비롭고 모르면 무덤덤해진다는 것이다. 아는 만큼 보이는 셈이다. 이러한 생명의 이치를 깨닫는 것이 삶과 행복의 출발점이라는 게 교수의 지론이었다.

"생명에 관한 멋진 비유가 있어요. 혹시 맹구우목盲龜遇木이란 말을 들어보셨나요? 넓은 바다에 나무판자들이 떠다니는데 그 중에 하나가 요행히 구멍이 뚫려 있습니다. 그때 눈먼 거북이가 숨을 쉬기 위해 백 년에 한 번씩 바다 위로 올라옵니다. 그 거북이가 고개를 내미는 순간에 판자의 구멍과 기적적으로 일치해 거북이가 그곳을 통해 숨을 쉴 수 있는 확률이 인간이 태어날 확률이라는 뜻입니다. 여러분 모두는 그런 기적을 거쳐 이 자리에 존재합니다."

러셀 교수는 이렇게 기적의 증거를 하나씩 제시한 뒤 학생들에게 이상한 질문을 던지는 것이었다.

"여러분, 우주선을 타 본 적이 있습니까?"

탑승한 학생이 있을 리 만무했다.

"아무도 없군요. 나는 타 본 적이 있습니다."

설마 하는 의심의 눈길이 일제히 교수에게 모아졌다.

러셀은 잔기침을 하고는 숨을 크게 들이쉬었다.

"나는 지금도 우주선을 타고 있어요. 그 우주선의 이름은

'지구별'입니다. 납득이 잘 안 될 테지요. 하지만 지구도 우주선이 맞습니다. 크기가 너무 커서 우리 눈으로 보지 못할 뿐이죠. 여러분들이 이해하기 쉽도록 지구의 크기를 백만분의 1로 축소해봅시다. 지름이 12m 남짓한 공 모양이 되겠군요. 그 안에 우리들이 타고 있는 것입니다. 그 우주선은 1초에 약 30km 속도로 태양의 둘레를 돕니다. 인간이 만든 우주선보다 세 배나 빠르죠."

러셀 교수는 초특급 우주선을 모는 운전자의 이름은 신이라고 했다.

그분은 최고의 비행사이다. 단 1초도 쉬지 않고 지구를 운전하지만 46억 년 동안 한 번도 사고를 내지 않았다.

우주선 내부는 꽃과 나무와 호수로 예쁘게 장식되어 있다. 한 푼의 요금도 받지 않고 공짜로 인간들을 태워준다. 부자든 가난한 사람이든 권력자든 미천한 사람이든 차별이 없다.

"여러분들은 모두 우주선을 타고 있는 여행자입니다. 준비물은 필요 없어요. 신께서 모두 갖추어 놓았으니까요. 멋지게 여행을 즐길 자세만 갖추고 있으면 됩니다. 부디, 아름다운 인생 여행이 되기 바랍니다."

교수는 강의를 마치면서 뉴욕 신체장애자회관에 쓰인 글을 읽어주었다.

"나는 신에게 모든 것을 부탁했다. 삶을 누릴 수 있도록. 하지만 신은 내게 삶을 선물했다. 모든 것을 누릴 수 있도록."

## 02
# 너 자신이
# 되어라

### 드라코 Draco

용자리를 관장하는 수호의 천사. 용자리는 별들이 S자 형으로 거대한 용 모양을 하고 있다. 고대 그리스인들은 세상의 끝에 헤스페리데스 정원이 있다고 믿었다. 그 정원에 황금 사과나무가 자라고 있는데, 용이 그것을 지킨다는 것이다. 신은 불굴의 힘과 용기를 지닌 드라코 천사에게 천상의 보물을 수호하는 임무를 맡겼다.

모든 생명은 유일무이하다. 작은 참새조차도 똑같은 모습으로 보일지라도 실은 각기 다르다. 생명이 가치 있는 것은 세상에 하나밖에 없는 유일한 존재이기 때문이다. '수호의 천사' 드라코는 인간이 행복을 누리려면 자기 존재의 가치를 알고 지켜나가야 한다고 생각했다. 자신의 가치를 모르면 삶을 제대로 영위할 수 없기 때문이다.

드라코 천사는 홍콩 거리에서 화폐수집가 왕야추를 우연히 만나게 되었다. 그는 세상에 두 장이 남은 지폐 중 한 장을 가진 사람이었다. 수집가는 수소문 끝에 자기와 똑같은 화폐를 소유한 사람을 찾아갔다. 아주 비싼 값에 그것을 산 뒤 많은 사람들이 보는 길거리에서 태워버렸다. 그 광경을 본 천사가 왕야추에게 물었다.

"아니, 비싼 돈을 주고 산 지폐를 왜 태우는 거요?"

"더 귀한 것으로 만들기 위해서죠."

잘 납득이 되지 않았다. 두 장이든 한 장이든 희귀 화폐를 소유한 사람은 이제 왕야추뿐이 아닌가? 굳이 태울 필요까지 있느냐는 생각이 들었다. 수집가가 말했다.

"저는 그저께 100만 달러를 주고 다른 사람이 소유한 지폐 한 장을 샀습니다. 방금 그것을 태움으로써 100만 달러가 사라졌다고 생각할 테지만 그게 아니에요. 이제 제 손에 한 장이 남았고, 그것은 세상에서 유일무이한 화폐가 되었습니다. 유일한 진품이 되었으니 제가 부르는 게 값이 됩니다."

똑같은 백 개는 그것을 모두 합쳐도 유일한 하나의 가치만 못하다는 얘기였다. 유일한 존재만이 최고의 가치를 갖는다는 그의 설명을 듣고서야 그가 지폐를 태운 이유를 알 수 있을 것 같았다.

"인간이 귀한 것도 하나뿐인 진품이기 때문입니다. 세상에 자기와 똑같이 생긴 사람이 여럿이 있다고 생각해보세요. 나는 타인으로 대체 가능한 존재로 전락하게 됩니다. 끼웠다 뺐다 할 수 있으면 부속품이거나 모조품이지 진품은

될 수 없습니다."

맞는 말이다. 신께선 인간을 유일무이한 존재로 창조하셨다. 70억이 넘는 지구상의 인구 중에서 나와 똑같은 인간은 아무도 없다. 우주에서 하나밖에 없으므로 수집가의 지폐처럼 부르는 게 값이 된다. 우주를 다 주고도 바꿀 수 없는 귀한 존재인 것이다. 인간이 자기 삶을 소중히 여기지 않는 것은 그런 가치를 모르기 때문이다.

드라코는 천상에서 비슷한 이야기를 들은 적이 있었다. 맨 나중에 창조된 천사 미니멜은 자신을 다른 천사들에 비해 열등한 존재로 여겼다. 미니멜이 풀죽은 모습을 하고 있자 신께서 그의 어깨를 어루만지며 이렇게 격려했다.

"세상에 피에타상이 수백만 개 존재하고, 나이아가라 폭포가 수백 개, 에베레스트 산이 수백 개 존재한다고 한번 가정해봐라. 그러면 그 절대적인 매력을 잃지 않겠느냐? 나의 창조물들은 똑같이 생긴 것이 없다. 나뭇잎이나 모래알도 두 개가 결코 같지 않다. 내가 창조한 모든 것은 하나의 '원본'이다. 따라서 각자 어떤 것과도 대치될 수 없는 거란다. 너 역시 마찬가지다. 내가 너 없이 세계를 창조했다면 세계는 내 눈에 불완전하게 보였을 것이다. 너를 미카엘이나 라파엘로 만들 수도 있었다. 하지만 나는 네가 너로서 존재하고 나의 고유한 미니멜이기를 원한다. 태초부터 내가 사랑한 것은 남과 다른 너였으니까. 만일 네가 존재하지 않는다면 나는 말할 수 없이 슬플 것이다. 영원히 눈물이 그치지 않을 것이다.”

이 이야기는 닐 기유메트 신부가 쓴《내 발의 등불》에도 소개된 내용이다. 천사가 미니멜의 일화를 들려주자 수집가는 좀도둑 알라딘의 이야기로 화답했다.

“알라딘이 공주의 사랑을 얻는 비결을 묻자 마술램프 지니는 이렇게 말하죠. ‘너 자신이 되어라. 진실을 말해라. 솔직해라.’ 알라딘은 처음에는 지니의 말을 듣지 않고 마법의 힘을 빌어 왕자가 되었으나 공주의 마음을 얻는 데엔 실패합니다. 결국 자신의 모습으로 변한 끝에 공주와의 결혼에 성공하지요.”

“공주가 원한 것은 가짜 왕자가 아니라 진실한 알라딘이었군요.”

“한낱 좀도둑에 불과한 알라딘도 자기 자신이 되고서야

왕자보다 강한 마력을 발휘할 수 있었던 겁니다. 그것이 진품의 힘입니다. 사람들은 시험에 낙방하거나 가난해지면 자신이 무가치하다고 느낍니다. 생각해보세요. 시험에 떨어졌다고 어떻게 진품의 가치가 추락합니까? 100달러짜리 지폐는 손으로 구기고 발로 밟아도 여전히 100달러입니다. 그 물건에 내재된 본래의 가치는 변하지 않습니다. 마찬가지로 아무리 힘든 고난에 처했을지라도 내가 우주에서 유일한 진품이라는 사실은 바뀌지 않습니다. 나는 알렉산더 황제가 될 수도 없고, 되어서도 안 됩니다. 남이 되려고 하는 순간, 그의 인생은 짝퉁이 됩니다."

어느 수집가든 짝퉁은 모으지 않는다. 진품은 그 자신이 될 때 최고의 가치를 지닌다. 진품을 알아보는 혜안을 가진 왕야추의 인생철학은 이러했다. '너 자신이 되어라. 진품이 되어라.'

# What, How,
# 그리고 Why

크럭스<sup>Crux</sup>

남십자성을 다스리는 철학의 천사. 크럭스는 남쪽 밤하늘에서 네 개의 별이 십자 모양을 이루고 있다. 북반구의 북극성처럼 남반구에서 남쪽을 알려주는 역할을 한다. 옛날에는 남쪽 바다를 항해할 때 이 별이 나타나면 배에 탄 사람들이 모두 나와 기도를 드리는 풍습이 있었다.

삶이란 천상이나 지상이나 엇비슷하다. 어제의 일이 다람 쥐 쳇바퀴처럼 오늘 반복되게 마련이다. 어쩌면 산다는 것은 자질구레한 일들의 연속일 것이다. 그런 소소한 일상에서 의미를 찾고 보람을 느끼는 게 행복이 아닐까.

크럭스 천사는 천상에서 무료하게 사는 천사들을 많이 보았다. 그때마다 크럭스는 삶 속에 의미가 있으니 그것을 찾으라고 충고했다. 크럭스는 자신의 남십자성을 다스리는 것보다 삶의 의미를 깨우쳐주는 일에 더 관심이 많았다. 신도 그의 능력을 인정해 '철학의 천사'라는 지위를 부여했다.

천사가 찾아간 사람은 독일 철학자 홀바인이었다. 그는 홀바인을 방문한 그날의 일을 빠뜨리지 않고 수첩에 기록했다. 천사의 비망록에는 이런 이야기가 실려 있었다.

홀바인 박사는 함부르크 시내의 레스토랑에서 식사를 하

고 있었다. 점심시간이라 식당에는 손님이 제법 많았다. 손님들이 위대한 철학자를 보자 모자를 벗고 경의를 표했다. 그의 자리에는 인사하는 사람들로 북적였다.

그때였다. 식당 바닥을 닦고 있던 한 젊은이가 투덜거리며 대걸레를 던져버렸다. 그러고는 구석진 의자에 앉아 땅이 꺼져라 한숨을 내쉬는 것이었다. 이를 본 철학자가 청년에게 다가가 물었다.

"자네, 왜 대걸레를 내던졌나?"

"선생님은 많은 사람들로부터 존경을 받고 있는데 저는 고작 손님들이 더럽힌 식당 바닥이나 닦고 있으니 제 자신이 너무 한심해서 그럽니다."

철학자가 청년의 어깨를 감싸면서 말했다.

"그렇지 않네. 나는 글로 지구의 아름다움을 표현하고 있고 자네는 대걸레로 지구의 한쪽을 깨끗이 닦고 있지 않나? 신의 눈으로 보면 자네와 나는 동업자이네."

철학자는 세상에 하찮은 직업이 없다고 청년에게 말했다. 직업은 각자 자기 삶의 자리에서 책임과 의무를 다할 수 있도록 신께서 부여한 책무라는 것이다.

홀바인은 식당 주인에게 양해를 구한 뒤 젊은 동업자를 자신의 집으로 데려갔다. 널따란 서재에는 수천 권의 책들이 가지런히 꽂혀 있었다. 청년이 매일 쓸고 닦던 레스토랑보다 훨씬 청결했다. 펜 하나, 종이 하나 비스듬히 놓인 게 없었다. 마치 위대한 철학자의 정갈한 속뜰을 보는 것 같았다. 청년은 부끄러움을 느꼈다.

"내가 자네를 이곳까지 데려온 것은 젊을 때 내 모습이 떠올랐기 때문이네. 나도 참혹한 전쟁을 겪기 전까지는 삶의 의미를 몰랐다네."

늙은 철학자는 파란만장한 자신의 인생 역정을 청년에게 들려주었다.

철학자는 유대인 집안 출신이었다. 게르만족 사람들은 유대인들을 멸시하고 차별했다. 히틀러가 집권하고부터는 그 정도가 더욱 심해졌다. 자신의 포부를 펼칠 기회조차 없었다. 그는 꿈을 잊은 채 의미 없는 나날을 보냈다.

이윽고 제2차 세계대전이 터졌다. 나치는 유대인들을 아우슈비츠 수용소에 가두었다. 청년 홀바인은 그곳에서 3년 동안 짐승처럼 살았다. 그는 쓰레기처럼 폐기되는 주검들 앞에서 한 줌의 빛을 찾아냈다. 그가 발견한 빛은 '삶의 의미'였다. 그는 유대인을 죽게 만든 직접 원인이 독가스가 아니라 살아갈 이유를 상실한 것이라고 여겼다. 이런 결론에 도달한 청년은 나치의 총칼에 맞서 삶의 의미로 자신을 무장하기 시작했다.

홀바인은 매일 아침 두 가지를 행동으로 옮겼다. 하나는 수감자에게 제공되는 물 한 잔을 반만 마시고 남겨두었다가 구리 조각으로 면도하는 것이다. 나치는 병색이 완연하거나 꾀죄죄한 사람들부터 가스실로 보냈기 때문이다. 다른 하나는 아침에 일어나 행복했던 추억을 반복 재생하는 일이었다. 이 두 가지를 통해 삶의 의지를 불태운 끝에 마침내 사지에서 살아나올 수 있었다.

"자네가 일하는 식당은 함부르크 최고의 레스토랑이지. 그곳에 취직하기가 쉽지 않았을 테지. 거기서 일한 지 얼마나 되나?"

"다른 곳에서 일하다 6개월 전에 거기로 옮겼습니다."

"그렇다면 레스토랑에서 무슨 일을 하고 있고, 어떻게 일을 하는지는 잘 알고 있겠군. 이제부터는 What(무슨 일),

자신이 하는 일에서 의미를 찾지 못하면 삶의 의욕을 느낄 수 없다.
보람과 즐거움을 얻지 못하면 하루하루가 지루할 수밖에 없다.
자신이 하고 있는 일을 진정으로 사랑하는 사람은
이미 절반은 성공한 사람이다.

How(어떻게)만 생각하지 말고 Why(왜)에 대해서도 생각해 보게. 왜 그 일을 하고 있는지 말일세. 자기 일에서 의미와 가치를 찾아보라는 뜻이지."

아무리 번듯한 직장일지라도 자신이 하는 일에서 의미를 찾지 못하면 삶의 의욕을 느낄 수 없을 것이다. 보람과 즐거움을 얻지 못하면 하루하루가 지루할 수밖에 없다. 죽지 못해 일하는 사람은 성공할 수 없고 행복할 수도 없다. 아인슈타인은 "행복이 바로 성공의 열쇠이다. 자신이 하고 있는 일을 진정으로 사랑하는 사람은 이미 절반은 성공한 사람이다."라고 말했다. 즐거운 마음으로 일을 하면 그 일을 잘할 수 있고 성공할 수 있을 것이다.

"자기가 좋아하는 일을 직업으로 선택하고 거기서 즐거움을 얻는다면 무엇을 더 바라겠나? 현실적으로 그런 사람은 많지 않네. 하지만 그런 사람에게도 방법이 있지. 자기가 하고 있는 일을 사랑하면 된다네. 방금 말한 것처럼 자기 일에서 의미와 가치를 찾는 것이지. 주변에 휴일만 목을 빼고 기다리는 직장인들이 많을 것이네. 일주일 중 5일을 돈 벌기 위해 노역하는 기간이라고 생각하면 삶이 얼마나 고달프고 따분하겠나? 자네도 이제부터 자기 일을 사랑해보게."

박사는 자기 일을 사랑하면 그 분야에서 언젠가 최고가 될 거라고 말했다. 청년의 어깨를 두드리면서 식당 청소를 하면 최고의 청소부가 되고, 음식을 만들 거면 최고의 요리사가 되라고 격려했다.

"삶과 생존은 다르네. 아무 생각 없이 흘려보낸 것을 삶이라고 할 수 있겠나? 그건 생존에 불과하네. 바다에 사는 거북이는 200년을 살고 그린란드상어는 400년을 사네. 동물처럼 삶의 의미를 찾지 못한다면 수백 년을 산들 무슨 소용이 있겠나?"

길을 모르는 이에게는 길이 멀고, 살아갈 이유를 알지 못하는 이에게는 삶이 무료할 것이다. 왜 사는지를 아는 사람은 삶이 즐겁고 어떤 난관도 거뜬히 이겨낼 수 있다.

# 04

# 나도
# 왕이다!

## 시리우스 Sirius
〜〜〜

큰개자리를 지키는 신뢰의 천사. 시리우스는 밤하늘에서 가장 밝은 별이다. 그리스어로 '불에 태운 듯한'이라는 의미를 지닐 정도로 강렬한 빛을 내뿜는다. 한국과 중국에서는 천랑성으로 불렸다. 고대 이집트 사람들은 이 별의 출현을 보고 파종 시기를 정했고, 폴리네시아인들은 바다를 항해할 때 꼭 필요한 별로 여겼다. 시리우스는 주인에게 절대 배신하지 않는 개처럼 하늘에서도 충직한 존재였다.

시리우스는 신에게 가장 충직한 천사였다. 아침에 눈을 뜨면 기도를 통해 신의 뜻을 물었다. 자신의 행동이 신의 뜻에 부합하는지 늘 살폈다.

신은 그에게 '신뢰의 천사'라는 칭호를 내렸다. 충직의 징표로 그에게 큰개자리의 별들을 관리하도록 했다. 그의 별을 하늘에서 가장 밝게 만들어 천사와 인간들이 그의 품성을 본받게 했다.

시리우스는 자기신뢰를 행복의 자질로 꼽았다. 인간이 자신을 믿고 사랑한다면 보다 더 행복할 수 있을 것이기 때문이다. 자신을 사랑하지 않는 사람은 삶을 아름답게 가꿀 수 없다. 고통의 늪에 빠져 목숨을 끊는 인간이 느는 현상은 아마 자기에 대한 신뢰를 상실한 탓일 것이다. 그렇다면 지상의 인간에게는 '너 자신을 알라.'라는 말보다 '너 자신을 사랑하라.'라는 위로의 언어가 더 필요하지 않을까.

아가씨로 변한 시리우스는 서울 연남동 골목길을 걸어갔다. 가게마다 형형색색으로 화장한 간판들이 고개를 내밀었다. 오후의 햇볕은 한가로웠고 마당 한쪽에선 검정 털옷을 입은 고양이가 꾸벅꾸벅 졸고 있었다. 아담하게 꾸며진 가게가 천사의 시야에 들어왔다. 노란 출입문에 이런 글귀가 씌어 있었다.

*당신만큼*
*괜찮은 사람*
*난 못 봤어*
*그러니까*
*늘 당당하게*

'괜찮은 사람'이라는 문구가 천사의 가슴에 쿵 하고 박혔다. 그동안 스스로 괜찮은 천사라고 생각한 적이 얼마나 있었던가. 천사는 살며시 문을 열고 레스토랑 안으로 들어갔다. 젊은 직원들이 활기차게 음식을 나르고 있었다. 천사는 음식을 주문한 뒤 가게의 한 청년에게 말을 걸었다.

"출입문의 글귀가 너무 좋아요. 그걸 보고 들어오게 되었어요."

"아, 그거요. 가게 주인이 붙인 건데요."

천사가 사장을 만나고 싶다고 하자 청년은 홍소를 터뜨렸다. 자신이 사장이라는 것이었다. 천사도 웃었다.

"종업원들이 당당한 자세로 일하면 가게 분위기가 더 환해지지 않겠어요? 그걸 보고 손님 같은 분이 찾아올 수도 있고요."

청년 사장은 하얀 티셔츠를 입고 있었다. 종업원들도 똑같은 복장을 하고 있었다. 셔츠 앞면에 쓰인 '손님은 왕이다. 나도 왕이다.'라는 글귀가 눈에 띄었다. 참 멋진 말이라는 생각이 들었다. 청년 사장은 출입문과 티셔츠에 이 문구를 쓰게 된 내막을 이야기했다.

대기업 시험에서 여러 번 낙방한 그는 열등감의 수렁에서 허우적거렸다. 그러다 책에서 우연히 샹송의 대가인 나나 무스꾸리의 삶을 접하게 되었다. 무스꾸리 역시 스물넷이 될 때까지 심한 콤플렉스에 시달렸다. 어릴 때 뚱뚱하고

못생긴 외모로 친구들로부터 놀림을 받았다. 미간 사이가 넓어 이상하다고 여긴 그녀는 언제나 뿔테 안경으로 그곳을 가리고 노래를 불렀다. 그녀는 노래에서 자신의 재능을 발견하게 되면서 차츰 자존감을 되찾았다. 체중을 감량하고 대중에게 당당히 나서는 법도 배웠다. 그녀는 더 이상 뿔테 안경 뒤에 숨지 않았다. 열등감을 극복하고 세계적인 가수가 되었다. 그녀는 사람들에게 "나 자신을 사랑하게 되면서 사람들로부터 사랑을 받게 되었다."라고 말했다.

"가슴 뭉클한 얘기군요. 저도 나나 무스꾸리의 음악을 좋아해요. 영혼을 울리는 묘한 매력이 있거든요."

천사가 맞장구를 치자 청년이 들뜬 기분으로 말했다.

"스스로 자신을 사랑할 수 있기 전까지 남의 사랑을 기대할 수 없어요. 저도 나나 무스꾸리처럼 자신을 사랑하는 사람이 될 겁니다. 가장 먼저 나에게 인정받는 사람이 될 거예요. 이제부터 '참 잘했어', '나는 참 괜찮은 사람이야.'라고 수시로 칭찬해줄 생각입니다."

천사는 청년 사장에게 마음속으로 응원을 보냈다. 싫든 좋든 인간은 한평생 자신과 함께 살아가야 하는 존재이다.

그런 자신을 다독이지 못하고 "이 바보!"라고 구박하면 삶의 의욕이 떨어질 수밖에 없다. 자기를 비하하거나 죄책감에 젖어 있으면 낙담과 무력감이 커질 것이다. '내가 옳다'는 생각에 치우쳐 자기중심적 인간이 되라는 얘기가 결코 아니다. 자만과 아집으로 가득 차면 달리 약도 없다.

"저는 자존심이 아니라 자존감이 높은 사람이 되고 싶어요. 둘은 본질적으로 다르죠. 자존심이 타인과의 관계에서 생기는 감정이라면 자존감은 자기 내면으로부터 우러나는 것입니다. 자존심이 강한 사람은 가끔 남의 인격을 짓밟지만 자존감이 높은 사람은 남의 인격까지 존중하지요. 제가 얼마 전에 새 차를 구입했습니다. 제 차에 흠집이 날까봐 옆차와 멀찌감치 주차하고 차 문을 열 때도 살짝 엽니다. 솔직히 제 차가 헌 차일 때는 별로 개의치 않고 차 문을 막 열었어요. 제 차가 새 차니까 다른 차까지 보호해주는 거지요. 말하자면 나와 타인을 함부로 대하는 사람은 중고차이고, 나와 남을 존중하는 사람은 새 차인 셈이지요."

행복을 위해선 원만한 인간관계가 필수적이지만 그중에서도 자신을 진정으로 사랑하는 일이 가장 중요하다. 자존감이 높은 사람은 자기와 갈등을 일으키지 않는다. 자기와 싸우느라 에너지를 허비하면 외부의 적과 싸우기도 전에 전력을 상실하기 때문이다. 우리 뇌에서는 갈등을 빚으면 스트레스 호르몬이 나온다. 반면 칭찬을 받으면 애착과 친밀감을 높여주는 옥시토신이 생성되면서 세파를 헤쳐 나갈 에너지를 얻게 된다.

"저는 내일부터 라오스로 휴가를 떠날 겁니다. 열심히 노력한 제 자신에게도 격려가 필요하거든요."

라오스 사람들은 경제적으로 넉넉하지 않지만 표정이 밝다. 인상을 쓰거나 언성을 높이는 사람들을 거의 볼 수 없다. 그들을 행복으로 인도하는 비법은 언어에 있다. 그들은 '뽀뺀냥'이라는 말을 많이 쓴다. 길을 잃었어도 "뽀뺀냥!", 버스를 놓쳤어도 "뽀뺀냥!", 미안하다고 해도 "뽀뺀냥!"이라고 얘기한다. 뽀뺀냥은 '괜찮아', '신경 쓰지 마'라는 의미를 지닌 위로의 언어이자 마법의 주문이다.

오늘 하루 일과를 무탈하게 마쳤다면 자신에게 고마움을 표할 일이다. 내가 힘들고 지쳤다면 쉬게 하고 휴가도 보내주어야 한다. 설혹 실수를 했더라도 라오스 사람들처럼 괜찮다고 어깨를 두드려 주어야 한다.

좋은 사람이란 타인에게 배려 있게 행동하는 사람만을 의미하지 않는다. 자기와 가장 가까운 자신을 소중히 여기는 사람이 진짜 좋은 사람이다. 인간관계에서 제일 중요한 사람은 나 자신이다. 내가 나를 아끼지 않으면 남도 나를 아끼지 않는다. 주인이 강아지를 걷어차면 남도 내 강아지를 발로 차는 법이다.

# 05

# 당신도
# 사업가입니다

## 데메테르 Demeter

땅의 생산력을 관장하는 풍요의 천사. 데메테르는 그리스어로 땅의 어머니라는 뜻
이다. 그리스 신화에선 식물을 상징하는 녹색 옷을 몸에 두르고 대지에 씨앗을 뿌려
주는 역할을 했다. 지상에 도착한 천사는 가장 풍요롭고 가치 있는 것이 자기 내면에
있다는 사실에 눈을 뜬다.

인간은 무한한 잠재력을 지닌 존재이다. 신이 부여한 자유의지로 마음만 먹으면 무엇이든 할 수 있다. 인간의 상상력은 우주 끝까지 순간 이동을 할 수 있다.

인간은 그런 놀라운 능력으로 눈부신 물질문명을 이루었지만 자기 내면의 역량을 키우는 데에는 무관심했다. 그러다 보니 자신이 생산한 물질들의 엄청난 중력에 끌려 다니는 신세가 되고 말았다. 만물의 주인이 아니라 종의 자리로 추락한 셈이다.

'풍요의 천사' 데메테르는 인간이 어떻게 삶을 풍요롭게 가꾸어가야 하는지를 알고 싶었다.

미국 월가의 펀드매니저로 변신한 그는 네브래스카 주의 오마하로 날아갔다. 투자의 귀재로 불리는 워런 버핏을 만나기 위해서였다. 버핏은 가치투자의 대가로 통한다. 가치

투자란 주가의 등락에 일희일비하지 않고 기업 가치를 분석해 투자하는 방식을 말한다.

버핏의 투자는 주식 투자의 일반적 상궤를 벗어난다. 그는 몰빵 투자도 서슴지 않았다. '계란을 한 바구니에 담지 않는다'는 투자의 불문율조차 무시했다.

그는 전통적 원칙을 버리고 자신의 투자원칙을 세워나갔다. 기업 가치에 확신이 서면 해당 주식을 집중적으로 사들였는데, 그중 하나가 코카콜라였다. 코카콜라에 필적할 만한 주식이 없다는 결론을 내린 버핏은 그 주식을 12억 달러어치나 매입했다. 그의 투자 소식을 전해들은 투자자들이 코카콜라 주식을 매수하는 바람에 뉴욕증권거래소의 거래가 일시 중단되는 소동까지 빚어졌다. 매입 당시 2.3달러였던 코카콜라 주가가 11년 후 40달러를 웃돌면서 그는 돈방석에 앉았다.

드디어 버핏의 집에 도착한 데메테르는 깜짝 놀랐다. 자택의 풍경이 억만장자의 저택과는 너무 거리가 멀었기 때문이다. 버핏은 60년 전에 구입한 집에서 여전히 살고 있었고, 차도 굉장히 낡았다.

버핏은 펀드매니저에게 햄버거와 커피를 내놓았다. 평소 자신이 즐겨 사먹는다던 4달러짜리 맥도널드 햄버거였다.

"회장님의 투자 방식은 저로선 잘 이해가 안 됩니다. 주식이 떨어지면 더 사들이곤 하셨는데 이런 물 타기는 금기가 아닌가요? 어떻게 흔들리지 않고 특정 주식을 계속 사들일 수 있었습니까?"

"저도 매수한 주식이 떨어질 때 왜 마음이 흔들리지 않았겠어요? 그때 저를 잡아준 것이 기업 가치에 대한 믿음입니다. 기업에 내재된 본래의 가치 말이죠."

"보통사람들도 믿음을 갖고 있지만 그리 오래가지 않습니다. 주가가 계속 떨어지면 더 이상 버티지 못하고 팔아버리죠."

"그건 믿음이 튼튼하지 못하기 때문입니다. 확고한 믿음을 가지려면 먼저 기업의 순자산 가치, 성장 가치, 수익 가치 등을 철저히 분석해야 합니다. 기업 가치가 자신에게 견고하게 뿌리를 내리고 있으면 주가 등락이라는 바람을 이겨낼 수 있습니다."

"주식에 투자하기 전에 그 기업의 가치부터 확실히 파악

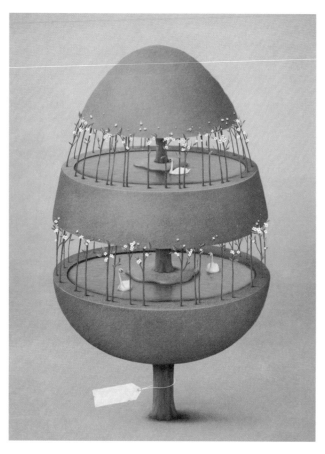

"세상에서 가장 소중한 존재는 무엇인가요?
두말할 것도 없이 나 자신입니다.
자기 가치에 대한 확신을 가진 사람은 외부의 평가에 쉽게 흔들리지 않아요.
자기 가치를 믿고 지속적으로 투자해서 자산을 불려가지요."

하라는 말씀이시군요."

"그렇죠. 이것은 비단 주식에만 적용되는 투자 기법이 아닙니다. 세상에서 가장 소중한 존재는 무엇인가요? 두말할 것도 없이 나 자신입니다. 자기 가치에 대한 확신을 가진 사람은 외부의 평가에 쉽게 흔들리지 않아요. 자기 가치를 믿고 지속적으로 투자해서 자산을 불려가지요. 그러자면 주식처럼 자신의 순자산 가치, 성장 가치 등을 먼저 명확히 알아야 합니다."

"사람들은 남의 평가에 지나치게 의존합니다. 말씀을 듣고 보니 남의 평가보다 자신의 가치에 충실한 것이 훨씬 중요하다는 생각이 듭니다."

"자기 가치는 행복한 삶을 위한 기본 전제입니다. 자신의 가치를 분명히 아는 사람만이 삶을 풍요롭게 가꾸어갈 수 있습니다. 지그 지글러 박사가 뉴욕의 지하도에서 연필을 파는 거지를 본 적이 있었어요. 거지의 손에 1달러를 쥐어준 박사는 가던 길을 되돌아와서 돈을 준 대가로 연필을 달라고 했어요. 그러고는 이렇게 외쳤죠. '이제 당신은 더 이상 거지가 아닙니다. 당신도 나와 똑같은 사업가입니다.' 박사의 이 한 마디가 서시의 내면에 잠자고 있던 '거인'을 흔들어 깨웠습니다. 거지는 그날로 '거지 인생'을 완전히 청산했습니다. 훗날 진짜 성공한 사업가가 되었어요."

"정말 그런 일이 있었군요. 자기 가치를 아는 것이 그처럼 중요한 일인 줄 몰랐습니다."

"어쩌면 우리 인생은 최장기간 보유하는 주식과도 같습니다. 태어나서 죽을 때까지 백년을 보유해야 하니까요. 자신에 대한 확신이 있는 사람은 그 가치를 재발견해서 꾸준히 늘려갑니다. 그 믿음이 흔들리면 자신의 개발이나 투자를 포기하고 세상 탓만 하게 되지요. 자기가 매입한 주식이 떨어지면 시장 상황이 안 좋다고 불평하는 것과 똑같습니다. 시장 상황이 나빠도 오를 주식은 오르거든요."

버핏을 만난 데메테르는 자신의 가치를 다시 생각하게 되었다. 그동안 펀드 매니저로서 주식이나 채권에 투자해 불릴 궁리만 했지, 자신의 가치를 어떻게 확장시켜 나갈 것인지에 대해선 한 번도 고심한 적이 없었다.

가치문제는 자신의 관심 사항에서 늘 바깥에 있었다. 그러고선 회사와 동료들이 왜 나의 가치를 제대로 인정해주지

않느냐고 어린아이처럼 칭얼대고 있다는 생각이 들었다. 얼

굴이 화끈거렸다.

# 06

# 발바닥에
# 고마움은 표했소?

## 카펠라 Capella

하늘에서 수송을 담당하는 운송의 천사. 마차부자리에서 가장 밝은 별인 카펠라는
고대 바빌로니아에서는 최고신 마르두크의 별로 숭배를 받았다. 힌두교 신화에선
우주를 창조한 브라흐마의 심장으로 불렸다. 북극에 거주하는 이누이트족은 이 별
자리를 향해나 시간 측정에 이용해왔다. 지상에 내려온 카펠라 천사는 인간에게 가
장 소중한 운송수단이 바로 육신이라는 사실을 인식한다.

천사들은 날개 하나면 어디든 날아갈 수 있다. 다른 교통수단이 필요 없지만 신은 카펠라에게만 멋진 마차를 선물했다. 카펠라는 마차부자리를 관리하는 '운송의 천사'이다.

카펠라가 처음 도착한 곳은 한국의 대도시였다. 온갖 종류의 운송수단이 그의 눈을 사로잡았다. 자가용, 택시, 버스, 트럭 등이 도로 위를 분주하게 돌아다녔고, 땅속에는 용처럼 생긴 전동차가 굉음을 내며 질주하고 있었다. 하늘에선 쇠붙이로 만든 큰 새가 쏜살같이 지나갔다. 시골에서 갓 올라온 노인마냥 정신을 차릴 새가 없었다.

카펠라는 인간의 비범한 재능에 감탄하면서도 문득 이런 생각이 들었다. '인간은 이런 놀라운 발명품을 갖고도 더 행복해지지 않았다. 그렇다면 온갖 소유물로 번잡한 도시보다는 고요한 장소에 진정한 행복이 있지 않을까?'

번화한 거리를 벗어난 천사는 오대산으로 발길을 옮겼다. 그곳 산중 암자에는 해공 선사가 면벽 수행을 하고 있었다.

해공은 10년 장좌불와로 유명한 선승이다. 그는 수행 도중에 문득 자신의 육신을 가혹하게 다루는 것이 수행의 본질이 아님을 깨달았다. 오히려 몸을 소중히 여기는 일이 수행의 출발이라고 생각하게 되었다.

천사는 몸을 귀하게 여기는 분이라면 깊은 가르침을 얻을 수 있을 것 같았다. 암자로 가는 길은 경사가 가팔랐다. 사람들이 다니지 않은 탓에 풀이 우거져 길을 분간하기 어려웠다. 어둑한 숲길에 반딧불이 몇 마리가 미등을 켜고 저만치 앞장섰다. 제철을 만난 매미들은 자지러질 듯이 울어댔다. 도시의 소음과는 질적으로 달랐다. 고요와 정적이 온몸을 감쌌다.

선사는 암자 뒤편의 바위에 앉아 묵상 중이었다. 마치 바위와 하나가 되어 돌부처로 변한 듯했다. 계곡의 물소리가 솔바람에 실려 천사의 뺨을 스쳤다. 이윽고 묵상을 끝낸 노승의 눈이 낯선 방문객과 마주쳤다. 천사는 두 손을 합장해 예를 올렸다.

"어젯밤 꿈에 귀한 분이 오신다는 소식이 있었소. 바로 그분이 아니시오?"

"과찬이십니다. 저는 이곳저곳을 떠도는 한낱 과객일 뿐입니다. 큰스님께 귀한 말씀 청해 듣고자 잠시 들렀습니다."

"소승에게 무슨 대단한 진리가 있겠소?"

"마음을 닦는 것이 수행의 기본이라고 들었습니다. 그런데 스님께서는 자기 몸의 고마움을 아는 것이 수행의 출발이라고 하셨습니다. 그 까닭이 무엇인지요?"

"거사께서는 암자의 가파른 산길을 무엇으로 오셨소?"

천사는 별 이상한 걸 다 묻는다는 생각이 들었지만 예의 바른 학생처럼 다소곳이 대답했다.

"그야 두 다리로 걸어서 왔습지요."

"두 다리와 발바닥에 고마움은 표했습니까? 발바닥은 가장 낮은 자리에서 육신의 무게를 고스란히 감내합니다. 냄새나는 신발 안에서 주인을 위해 묵묵히 봉사하지요. 아무 노임도 받지 않고 내가 원하는 곳은 어디든 데려다주지요. 세상에 이보다 더 헌신적인 존재가 있나요?"

해공 선사도 처음엔 정신의 고양을 위해 육신을 옥죄어야 한다고 여겼다. 그러다 만공 스님의 가르침을 접한 뒤 자신의 생각이 잘못되었음을 알게 되었다고 한다.

입적을 앞둔 만공은 몸을 깨끗이 씻었다. 새 옷으로 갈아입고는 거울에 비친 자기 모습을 보며 말했다.

"이제, 자네와 이별할 때가 되었네. 그동안 수고했어!"

평생 나를 위해 수고해준 육신에 대한 따뜻한 위로였다. 육신은 나의 영혼을 품어주고 나를 위해 평생 헌신한다. 만공의 고별사는 그런 존재를 향한 깍듯한 예우였다.

"소승이 머리를 깎고 입산한 것은 진정한 행복을 구하려는 일념 때문이오. 나에게 헌신하는 육신의 고마움을 알지 못하고서 어떻게 행복을 안다고 할 수 있겠소? 자기 몸뚱이에 감사하지 못하는 사람이 무엇에 고마움을 느낄 수 있겠소? 참된 기쁨과 만족을 알기나 하겠소? 육신을 짓밟고 정신만 추구하는 것은 '반쪽 수행'에 불과하오. 정신을 고양시키려면 그것이 머무는 육신을 잘 보살펴야 하오."

선사의 낯빛은 부드러웠으나 눈빛은 호랑이 눈처럼 강렬했다. 악덕 농장주는 하인을 노예처럼 부린다. 자기 몸을 함부로 대하는 사람은 그런 악덕 주인과 무엇이 다르겠는가?

**148**

노승은 천사에게 마부 이야기를 들려주었다. 세상에는 세 종류의 마부가 있다. 삼류의 마부는 수레에 짐을 가득 싣고 빨리 도착할 욕심에 말을 마구 채찍질한다. 말은 짐이 떨어지든 말든 미친 듯이 앞으로 내달린다. 이류의 마부는 정해진 시간에 짐을 목적지에 운송하는 것을 가장 중요하게 생각한다. 늦지 않을까 조바심을 내면서 채찍으로 가끔 말의 엉덩이를 때린다. 일류의 마부는 말을 사랑한다. 말을 칭찬하고 쓰다듬고 건강에 이상이 없는지 살핀다. 말은 바람을 가르듯 신나게 마차를 몬다.

"거사께서는 어떤 마부에 해당한다고 보시오? 자기 말을 사랑하고 있소? 자기 몸을 얼마나 칭찬하고 어루만져주고 있소?"

해공의 말을 듣고 보니 인간이 몸을 함부로 사용한다는 생각이 들었다. 인간은 몸과 마음으로 이루어져 있지만 사실 둘은 엄격하게 분리될 수 없다. 몸이 기쁘면 마음이 기쁘고, 몸이 아프면 마음도 아프다. 마음이 아프면 식욕마저 떨어진다. 몸을 소중히 여기면 마음도 기뻐할 것이다. 그것이 행복이 아닌가!

# 07

# 수도원을 탈출한
# 수도사

에리다누스<sup>Eridanus</sup>

하천을 다스리는 강의 천사. 에리다누스는 겨울철 남쪽 하늘에서 반짝이는 별자리로, 꾸불꾸불한 Z형 모양을 하고 있다. 강은 다른 강을 흉내 내지 않고 오직 자기 물길로 흐를 뿐이다. 지상에 온 천사는 타인과의 비교를 멈추고 자기 삶을 사는 것이 행복의 비결이라는 것을 깨닫는다.

세상에는 수많은 강이 있다. 강물은 다른 강을 흉내 내지 않는다. 남이 빨리 간다고 서두르지 않고 부러워하지도 않는다. 구불구불 강줄기를 따라 묵묵히 자기 물길로 흐를 뿐이다.

'강의 천사' 에리다누스는 인간이 지나치게 남의 일에 관심이 많다는 것을 알게 되었다. 인간은 자기가 가진 것을 남의 것과 끊임없이 비교한다. 이렇게 남에게만 맞추면 내 인생의 물줄기는 어디로 흘러가겠는가? 천사는 인간이 불행한 것도 자신의 삶을 살지 못하기 때문이라고 생각했다.

에리다누스가 찾아간 사람은 스페인 정치인 가르시아였다. 정계에 투신했던 그는 주위의 음모와 배신에 회의를 느끼고 시골에 집을 짓고 말년을 보냈다. 그는 삶에서 일어난 희로애락을 자신의 저서에 녹여내면서 내면의 행복을 키워나갔다.

천사가 그의 집을 방문했을 때 노정치인은 응접실에서 사색에 잠겨 있었다. 프랑스 작가로 변신한 천사가 행복의 비결을 묻자 정치인은 단도직입적으로 타인과의 비교를 멈추라고 말했다.

"사람들은 자신의 행복보다는 남한테 행복하게 보이려는 것에 더 신경을 씁니다. 남에게 행복하게 보이려는 허영심으로 인해 자기 앞에 놓인 진짜 행복을 놓치고 있어요."

"저희 프랑스 사람들도 똑같습니다."

"행복은 남에게 확인받는 게 아닙니다. 그건 학교 선생님에게 과제물을 검사받는 어린아이나 하는 행동입니다."

노정치인이 꼬집은 것처럼 인간은 남보다 가진 게 많다는 그 허영심을 채우기 위해 명품 핸드백, 고급 자동차 따위를 선반 위에 올려놓고 자랑한다. 현대의 인간들이 사용하는 SNS는 마치 허영심의 전시장 같다. 남이 부러워하고 호응해주기를 바라면서 자신이 먹고 있는 맛있는 음식과 행복한 표정을 전시장의 선반에 올린다.

노정치인이 말했다.

"행복한 사람은 남과 비교하지 않고
남의 처마 밑에 파랑새가 있는지 기웃거리지 않는다."

"행복은 남에게 자랑하기 위한 진열품이 아니라는 점을 분명히 인식해야 합니다. 과시하는 습관만 버린다면 스스로 만족하기란 어렵지 않아요."

노정치인은 남과 비교하는 행복은 불안정하다고 지적했다. 행복의 기준을 내가 아니라 타인에 맞추면 그 타인은 고정될 수 없고 계속 바뀔 것이다. 비교 대상이 수시로 바뀌므로 행복도 냉탕, 온탕이 될 수밖에 없다. 누구보다 아름다운, 누구보다 부유한, 누구보다 뛰어난 이유로 기쁘다면 그 만족감은 나보다 더 좋은 조건의 누구와 만나면 연기처럼 사라져버릴 것이다.

"1992년에 제가 사는 스페인 바르셀로나에서 올림픽이 열렸어요. 정말 굉장한 스포츠 축제였어요. 자주 대회장에 들러 선수들을 격려해주었죠. 그때 메달 시상식에서 묘한 광경을 보게 되었어요. 시상대에 오른 선수들의 표정을 보니 은메달을 딴 선수들의 표정이 동메달을 딴 선수들보다 더 어두웠어요. 동메달을 딴 선수들은 관중들에게 손을 흔들고 있는데 은메달을 딴 선수들은 죽을상을 하고 있는 것이었어요."

"금메달은 놓쳤지만 은메달이 동메달보다 더 좋은 게 아닌가요? 참 이상하네요."

"저도 이상한 생각이 들어 저명한 학자들에게 물어보았죠. 학자들은 비교 대상이 서로 달라서 생긴 현상이라는 겁니다. 은메달 선수들은 자기가 놓친 금메달과 비교한 반면 동메달 선수들은 노메달인 4위와 비교한다는 것이죠."

"아하! 이제 이해가 되었습니다."

사람들은 자기 소유물의 크기를 측정할 때도 타인과 비교하는 방식을 취한다. 자신이 보유한 절대적인 양보다는 남보다 얼마나 더 많이 가졌느냐 하는 상대적인 양을 더 중시한다. 자신이 어렵게 그랜저 승용차를 장만했더라도 이웃에서 벤츠를 샀다는 소식을 들으면 기분이 나빠지는 식이다.

"재미있는 이야기를 하나 들려드리죠. 중세 유럽의 어느 수도원에 고매한 인격을 지닌 수도사가 있었습니다. 마귀들이 회의를 열어 수도사의 마음을 어지럽히기로 결정했어요. 예쁜 여인을 수도원으로 보내 유혹하거나 거액을 희사해 그의 마음을 흔들어보려 했으나 모두 실패하고 말았습니다. 마귀들은 마왕을 찾아가 수도사의 마음을 도저히 흔들 수 없다고 보고하자 마왕이 직접 나섰습니다. 마왕은 기도하던 수도사의 귀에 대고 뭔가 속삭였어요. 그러자 수도자의 얼굴이 갑자기 붉으락푸르락하더니 수도원을 뛰쳐나가버렸습니다. 마귀들이 '무슨 말을 하셨기에 수도사가 하산했느냐?'라고 묻자 마왕이 말했습니다. '딱 한 마디 했지. 당신 동생이 방금 대주교가 되었소.' 비교의 감정은 인간의 생존본능에서 비롯되는 만큼 고매한 수도사도 뿌리치기 어렵습니다. 비교는 생존을 위해서는 필요하지만 행복에는 되레 장애가 됩니다. 행복하려면 비교하는 버릇을 멈춰야 합니다."

노정치인은 "행복한 사람은 남과 비교하지 않고 남의 처마 밑에 파랑새가 있는지 기웃거리지 않는다."고 강조했다. 그는 굳이 비교를 하려거든 남이 아니라 자기 자신과 비교할 것을 주문했다. 어제의 나보다 나은 오늘의 내가 되었는지, 예전보다 얼마나 더 좋은 사람이 되었는지, 예전보다 더 화목한 가정이 되었는지 말이다. 그렇게 자기 실력을 키워나간다면 성공과 행복이 가까워지지 않을까.

세 번째 상자

# 좋은 접촉
## Contact

행복은 좋은 느낌이다. 좋은 느낌을 갖기 위해선 좋은 것과 가까이 해야 한다. 고로 좋은 것과 가까이 하면 행복한 사람이 될 수 있다. 이것이 행복의 삼단논법이다.

좋은 느낌을 가지려면 꽃, 나무, 음악, 독서, 좋은 사람들과 자주 접촉해야 한다. 그중에서도 인간에게 가장 큰 영향을 주는 것은 인간이다. 사람들은 부지불식간에 타인의 말과 행동에서 영향을 받기 때문이다.

그러므로 밝고 긍정적인 인간들이 주위에 있다면 그는 이미 행복을 예약한 사람이나 다름없다. 반대로 죽을상을 하거나 불평을 늘어놓는 인간들에게 포위되어 있다면 그는 불행의 포로이다.

인간은 육체의 허기를 채우기 위해 천리 길을 마다 않고 진기한 먹거리를 찾아다닌다. 그러나 마음의 허기를 달래는 일에는 별로 관심을 두지 않는다. 행복은 마음속에 있다고 하면서 왜 마음은 돌보지 않는 걸까?

행복하려면 아름다운 것들로 밥 먹듯이 내면을 충전해야 한다. 사람의 마음도 몸처럼 쓰기만 하고 충전하지 않으면 결국 에너지가 고갈될 것이다. 주변에 우울증이나 자살 충동을 느끼는 사람이 느는 것은 그런 이유이다. 내면의 에너지가 바닥나면 행복의 바퀴는 굴러갈 수 없다.

# 01
# 세상에서 가장
# 맛없는 음식

## 리브라 Libra

천칭자리를 담당하는 공정의 천사. 천칭은 정의의 여신 아스트라이아가 가지고 다니던 저울이었다. 인간의 선악을 재어 그 사람의 운명을 결정하는 데 사용되었다. 신은 정의와 공정을 수호하는 아스트라이아의 공로를 기리기 위해 하늘에 그녀의 별자리를 만들었다.

천상에서도 천사들이나 영혼들 간에 다툼이 일어난다. 그럴 때 신은 자신이 직접 나서기 전에 '공정의 천사' 리브라에게 먼저 양쪽의 이야기를 자세히 들어보라고 명한다. 천사는 양쪽의 주장을 천칭저울로 달아 공정하게 무게를 쟀다.

리브라 천사는 천칭저울처럼 삶에서도 균형을 잃으면 행복이 무너진다고 보았다. 자전거를 처음 배울 때 제일 중요한 것이 균형을 잡는 일이다. 페달을 밟는 데에만 정신이 팔리면 균형을 잃고 넘어지기 십상이다. 이처럼 특정 욕망에 사로잡혀 삶의 균형을 상실하면 행복도 허물어지고 말 것이다.

리브라 천사는 태국의 명상가 아누차 웡라오에게 만나자는 전갈을 띄웠다. 사람들에게 삶의 균형을 설파하면서 스스로 실천하는 인물이었다. 천사는 치앙마이에 있는 그의 수련원을 찾아갔다. 아누차는 가부좌를 틀고 사유의 세계에 머물러 있었다. 조용히 들숨과 날숨을 조율하는 모습이 심신의 균형을 보여주기에 부족함이 없었다.

"몸과 정신이 완벽한 균형을 유지하신 분이라고 들었어요. 과연 명성을 듣던 대로군요."

넓은 방에는 집기나 그 흔한 액자 하나 없었다. 명상가는 손님에게 회색 방석을 내밀었다. 자세를 고쳐 앉더니 나직한 소리로 대화를 시작했다.

"삶은 균형이지요. 균형이 무너지면 넘어집니다. 우리가 얻고자 하는 행복도 마찬가지입니다. 행복이란 '삶에서 만족과 기쁨을 느끼어 흐뭇한 상태'를 가리키죠. 거기에는 두 가지 전제가 있어요. 하나는 만족과 기쁨을 주는 어떤 것이 외부에서 공급되어야 하고, 다른 하나는 그것을 흐뭇하게 받아들이는 나 자신이 있어야 합니다. 외부에서 기쁨의 요소가 전혀 제공되지 않았는데 혼자서 실실 웃으면 살짝 돌았다고 생각합니다."

아누차는 손가락을 빙빙 돌리면서 정신병자 흉내를 냈다. 그 모습이 우스꽝스러워 천사가 웃음보를 터뜨리고 말았다.

그는 입가에 옅은 미소를 띤 채 설명을 이어갔다.

"외부의 공급과 나의 수용, 두 조건 중에서 어느 쪽을 중시하느냐에 따라 행복의 방식도 두 가지로 나누어집니다. 공급을 중시하는 쪽은 욕망의 충족을 위해 뭔가 계속 제공되기를 바라지요. 더 맛있는 음식, 더 좋은 차, 더 많은 연봉…. 그런데 인간의 욕망이 끝이 있나요?"

"없습니다. 욕망은 멈춤이 없으니까요."

"영국 속담에 하루를 행복하려면 목욕을 하고, 1주일을 행복하려면 이발을 하고, 1년 행복하려면 새 집을 얻으라는 말이 있잖아요. 큰돈을 들여 새 집을 사더라도 즐거움이 1년을 못 간다는 것이죠. 하나의 욕망을 채우고 나면 그 욕망이 또 다른 욕망을 부릅니다. 우주는 다 채울 수 있어도 인간의 욕망은 아마 채울 수 없을 겁니다. 이 세상은 생존을 위해서는 풍요로운 곳이지만 탐욕을 채우기 위해서는 궁핍한 곳입니다. 그래서 나 자신에게서 한번 문제를 찾아보라는 것이죠. 욕망에 집착하지 말고 주변의 소소한 것에서 행복을 얻으라는 것입니다."

"요즘 행복의 트렌드로 자리 잡은 소확행을 말씀하시는군요. 소소한 일상에서 확실한 행복감을 찾자고 하잖아요."

"일상에서 기쁨을 발견하려는 움직임은 행복찾기에서 위대한 진전입니다. 친구와 커피를 마시고 수다를 떠는 행위는 분명히 즐거운 일이죠. 그런데 그런 만족감은 오래 가지 않아요. 커피 타임이 끝나고 회사나 집으로 돌아가면 사라집니다. 왜 그럴까요?"

천사가 알 수 없다는 표정을 짓자 명상가가 말했다.

"욕망을 중시하는 기존의 행복 방식을 고수한 채 소확행을 추구하기 때문입니다. 자전거의 핸들이 여전히 욕망 쪽으로 심하게 쏠려 있으니 그 방향으로 넘어지는 것이죠. 소확행을 하려면 자신과 세상을 보는 관점을 바꾸어야 합니다. 외부 욕망으로 향해 있는 삶의 방식을 나 자신 쪽으로 옮겨와야 합니다."

"외부의 욕망과 나의 마음이 균형을 유지해야 '행복의 자전거'가 넘어지지 않는다는 말씀이군요."

"정확히 이해하셨습니다. 3년 공부한 제 수제자보다 낫습니다."

명상가의 칭찬에 천사의 어깨가 한 뼘이나 올라갔다. 명상가는 물질적 욕망에 포로가 된 상태에서 정반대의 소확행을 추구하는 것은 삶의 모순과 균열만 키울 뿐이라고 지적했다. 균형과 조화 없이는 행복의 지속성은 보장될 수 없다면서 '목통의 법칙'을 설명했다.

"여러 장의 목판을 잇대어 만든 목통이 있다고 가정합시다. 목통에 담기는 물의 양은 길이가 가장 긴 목판이 아니라 가장 짧은 것에 의해 결정됩니다. 목통에 물을 가득 채울 경우 가장 짧은 목판 쪽으로 물이 흘러나가기 때문이죠. 행복을 구성하는 목판으로는 돈, 직업, 건강, 명예, 사랑, 권력, 친구, 주택 등이 있을 테지요. 이 중에서 돈이나 권력의 목판이 길지라도 건강이란 목판이 짧다면 그쪽으로 행복이 줄줄 새게 됩니다. 행복에는 가족, 친구, 건강 등 정말 소중한 목판들이 많습니다. 그 목판들은 지금 온전한가요?"

아누차는 식물의 성장이 '최소량의 법칙'에 따르듯이 행복도 가장 부족한 요소에 큰 영향을 받는다고 했다. 그런데 인간은 자기에게 부족한 것이 아니라 넘치는 것에 집착하는 경향이 있다. 돈을 많이 가진 사람은 그것을 더 가지려고 하고, 권력자는 그것을 놓지 못해 아등바등한다. 행복의 신장에 전혀 도움이 되지 않음은 말할 것도 없다.

명상가는 음식을 만들 때에도 좋은 맛을 내려면 각각의 식재료가 최적의 균형 상태를 유지해야 한다고 강조했다. 비싼 식재료라고 해서 많이 넣으면 오히려 맛을 해친다는 것이다.

"내가 좋아하는 재료만 잔뜩 넣으면 세상에서 가장 맛없는 음식을 먹게 될 것입니다. 가장 부족한 재료가 무엇인지 살피세요. 최고의 행복을 요리하는 비결입니다."

# 최소량의 법칙(Law of Minimum)

식물의 생산량은 가장 소량으로 존재하는 영양소에 의해 지배된다고 하는 법칙. 1843년 독일의 화학자 리비히가 식물의 성장과정을 설명하기 위해 제시한 이론이다.

식물에는 필요원소 또는 양분 각각에 대해 그 생육에 필요한 최소한의 양이 있다. 만일 어떤 원소가 최소량 이하이면 다른 원소가 아무리 많아도 생육할 수 없으며, 원소 또는 양분 중에서 가장 소량으로 존재하는 것이 식물의 생육을 좌우한다는 것이다.

영양소 중에서 양이 가장 부족해 생육에 지장을 주는 요인을 한정요인이라고 한다. 예를 들어 인산이 한정요인일 경우 그것을 증가시키면 식물의 생산량은 그에 비례하여 증가한다. 하지만 이것이 어느 일정한 양에 이르면 증가시켜도 생산량은 늘지 않는다. 그때는 다른 부족한 영양소가 한정요인이 되며, 이것을 늘려주면 생산량이 증가하게 된다.

# 02

# 행복하기 위해
# 세상에 왔지

폴라리스<sup>Polaris</sup>

북극성을 지키는 진리의 천사. 북극성은 일 년 내내 북쪽에서 빛나고 있으며, 옛날 뱃사람들에게 나침반 역할을 했다. 이 북극성을 중심으로 모든 별들이 시계 반대 방향으로 움직인다. 모든 별들의 기준점이 되는 북극성은 영원불멸의 진리를 상징한다.

지구는 푸른빛을 내는 별이다. '진리의 천사' 폴라리스는 천상에서 아름다운 지구의 모습에 반했다. 신의 명으로 지상에 온 폴라리스는 자신이 동경하던 지구 풍경을 보고 정말 기뻤다. 처음으로 빨간 장미를 보자 쿵쾅거리는 심장의 고동을 주체할 수 없었다. 튤립과 수선화와 영산홍, 억새의 은빛 물결, 나무 위에서 재잘대는 새들의 수다…. 천사는 그 모든 것을 눈에 담고 귀에도 담았다. 그때 이런 의문이 꼬리를 물었다. '이 모든 것을 누리고도 인간은 왜 행복하지 못한 걸까?'

천사는 도시 공원의 오솔길을 거닐었다. 각시취가 보랏빛 미소를 짓고 구절초가 하얀 손을 내밀었다. 주인과 함께 산책을 나온 푸들이 풀밭에 코를 박고 킁킁거렸다. 목줄에 묶인 강아지가 주인을 이리저리 끌고 다녔다.

그때 저쪽에서 떠들썩한 소리가 들렸다. 아이들이 은행나무 아래에서 뛰어다니고 있었다. 늦가을 바람이 불자 노란 잎이 우수수 떨어졌다. 한 아이가 소리쳤다.

"엄마! 나 은행잎 받았어."

마치 천하를 얻은 듯 아이의 얼굴에 미소가 가득했다.

공원을 산책하던 할아버지가 그 모습을 보고 물었다.

"애야, 은행잎 받아서 뭐하게?"

"하늘에서 떨어지는 낙엽을 손으로 받으면 한 가지 소원이 이루어진대요. 노란 잎을 받았으니 저에게도 분명히 행운이 올 거예요."

할아버지는 아이들이 뛰노는 모습을 가만히 지켜보았다. 노란 단풍잎이 빙그르르 돌더니 노인의 어깨에 툭 떨어졌다. 노인이 혼잣말로 중얼거렸다.

"은행잎 하나가 무슨 행운을 가져다 주겠어? 저렇게 아이들이 신나게 노는 것이 행운보다 귀한 행복이지. 암 그렇고 말고!"

노인이 걷는 작은 숲길에는 낙엽이 소복이 쌓여 있었다. 천천히 발걸음을 옮길 때마다 떡갈나무 잎들이 신음소리를 냈다. 야트막한 동산의 정상에 이르자 나무 아래에 줄지어 선 벤치들이 나타났다. 노인은 마침 운동을 나온 친구를 보더니 알은체를 했다. 둘은 나란히 벤치에 앉아 얘기꽃을 피웠다. 노인이 조금 전에 있었던 일을 화제로 꺼내자 친구가 말했다.

"우리도 그 나이 때는 그러지 않았나? 좀 더 크면 행복이 뭔지 알게 되겠지."

"나이를 먹는다고 다 아는 게 아닐세. 어른이 되어서도 아이들처럼 행동하는 사람이 많네. 네잎클로버를 따려고 수많은 세잎클로버들을 밟고 다니지 않나? 네잎클로버의 꽃말은 행운이지만 세잎클로버의 꽃말은 행복이네. 행운을 쫓아다니느라 자신의 행복이 짓밟히는 줄도 모르는 것이지."

"자네 말이 맞네. 행복은 사람들이 찾아 헤매는 네 잎이 아니라 주변 어디에서나 쉽게 볼 수 있는 세 잎에 있다는 생각이 들어. 어리석은 자는 멀리서 행복을 찾고 현명한 자는 자기 발밑에서 행복을 키워가지. 다들 행복이 너무 멀리 있다고 생각해. 행복은 무지개 끝이 아니라 우리들 손끝에 있는데 말일세."

두 할아버지의 말처럼 행복은 우리 주변의 작은 것들에 만족하고 기쁨을 느끼는 것이다. 지금 누군가와 얘기를 나누고 그의 목소리를 듣고 있다면 그것이 행복이다. 행복은 수백억 원짜리 복권처럼 한 방에 얻어지는 게 아니라 무수한 작은 일들로 구성되어 있다.

노인은 대장암으로 숨진 영국 극작가 샬롯 키틀리의 사연을 친구에게 전해주었다. 그녀는 죽기 전 두 자녀와 남편, 그리고 자신의 삶을 돌아보는 글을 블로그에 올렸다.

'살고 싶은 날이 저리 많은데 저한테는 허락되지 않아요. 내 아이들이 커가는 모습도 보고 싶고, 남편에게 못된 아내도 되면서 늙어보고 싶은데 그럴 시간이 없습니다. 살고 싶어 온갖 치료를 다 받다가 문득 시간 낭비라는 생각이 들었어요. 장례식 문제를 미리 처리해놓고 나니 매일 아침 일어나 아이들을 껴안아주고 뽀뽀해줄 수 있다는 게 새삼 감사하게 느껴졌습니다.'

노인의 이야기를 듣고 있던 친구가 말했다.

"샬롯이 소망한 것들은 누구든 할 수 있는 일이지. 아이들에게 뽀뽀를 해줄 수 있고, 머리에 흰 머리카락이 생기는 것도 느낄 수 있지. 그것의 고마움을 아는 사람이 얼마나 되겠나?”

“자네 자주 해외여행을 가지?”

“일 년에 두 번 정도는 가는 편이네. 저번에는 이집트에 가서 피라미드를 보았네. 하지만 그때의 놀라운 기분은 오래 가지 않았네.”

“평생 한두 번 보는 피라미드로는 행복의 바구니를 다 채울 순 없지. 주변에서 매일 접하는 수많은 것에서 기쁨을 얻는다면 바구니 안이 훨씬 풍성할 것이네. 내 발밑에 핀 들꽃, 빨간 단풍, 아기의 웃는 얼굴을 보게나. 얼마나 곱고 예쁜가?”

두 할아버지는 서로 “옳소!”, “맞소!” 하면서 맛깔나게 대화를 이어갔다.

“우리가 사는 지구별은 우주에서 가장 아름다운 곳이지. 우주 비행사들도 푸르게 빛나는 지구를 보고 감탄했다지 않나?”

“원 참! 지구를 떠나고 나서야 지구가 아름답다는 걸 깨닫는다니.”

"우주에는 수많은 별들이 있지. 그 많은 별들 중에서 나에게 새소리를 들려주고 따뜻한 밥 한 그릇을 차려주는 별은 지구 하나뿐이네. 헤르만 헤세가 이런 시를 썼지.

'인생에 주어진 의무는 다른 아무것도 없다네.

그저 행복하라는 한 가지 의무뿐.

우리는 행복하기 위해 세상에 왔지.

그런데도 그 온갖 도덕, 온갖 계명을 갖고서도

사람들은 그다지 행복하지 못하다네.

그것은 사람들 스스로 행복을 만들지 않는 까닭.'

세상에 얼마나 많은 종교, 얼마나 많은 지식과 물건들이 있나? 그런데도 행복하지 못한 것은 헤세가 말했듯이 우리 스스로 행복을 만들지 못하기 때문일 걸세."

"맞아! 조금 관심과 노력을 기울이면 행복은 얼마든지 만들 수 있지. 우리가 매일 기쁘진 않지만 기쁜 일은 항상 주위에 있지. 다만 우리가 그것을 알아채지 못할 뿐이야."

폴라리스 천사는 두 노인의 대화를 행복의 보따리에 차곡차곡 담았다. 행복을 누리려면 주변의 소소한 일상에서 기쁨을 느낄 줄 알아야 한다. 연분홍 메꽃과 눈길을 마주치는 것, 길게 몸을 늘어뜨린 능소화의 미소에 응대하는 것, 하늘에 흘러가는 흰 구름을 가슴에 담아두는 것. 이런 일상에 감탄하지 못하는 사람은 우주 끝까지 여행한다고 해도 기쁨을 얻지 못할 것이다.

# 03
## 스마트폰을
## 충전하듯이

아딜 <sup>Adhil</sup>

안드로메다를 다스리는 옷의 천사. 아딜은 아랍어로 '옷자락'이라는 뜻이다. 안드로
메다자리에서 옷자락에 해당하는 위치에 놓인 별이라고 해서 아딜이라는 이름이 붙
었다. 평소 옷에 관심이 많은 아딜은 하늘에서 천사의 날개를 고치고 단장해주었다.

옷이 날개라는 말이 있다. 천사들에게는 거꾸로 날개가 옷이다. 천사들은 인간이 옷에 쏟는 관심만큼 날개에 정성을 기울인다. 날개를 예쁘게 손질하고, 혹여 하얀 날개에 오물이 묻을까 봐 마음을 졸인다. 흰 날개를 하트 모양으로 자르거나 노랑, 파랑 물감을 들이는 천사도 적지 않다. 심지어 미니스커트를 입듯이 꼬리 날개를 짧게 자르는 유행이 한동안 번지기도 한다.

아딜은 개성이 넘치고 맵시를 중시하는 천사이다. 탁월한 미적 감각을 지닌 그에게 동료 천사들은 자주 날개를 손질해달라고 부탁했다. 아딜은 각자의 개성에 맞게 날개를 다듬고 염색해주었다. 그는 천사들에게 '옷의 천사'로 불렸다.

아딜은 196광년이 떨어진 안드로메다에서 지구로 왔다. 그의 눈길을 끈 것은 인간의 의복이었다. 의복의 빛깔과 양식은 천사의 날개에 비할 수 없을 정도로 다양했다. 나라와 기후에 따라 옷의 두께나 모양이 달랐고 계절마다 옷이 바뀌었다. 그는 다양한 복식 문화를 눈으로 익히면서 행복의 지혜를 찾는 일도 게을리 하지 않았다.

아딜 천사가 이탈리아 밀라노의 골목길을 걷고 있을 때였다. 어떤 사람이 실크를 염색하고 있었다. 공방에는 다양한 색상의 안료들이 놓여 있었다. 그의 손놀림은 빠르면서도 흐트러짐이 없었다. 분홍색 안료를 푼 물에 천을 담그자 천이 금세 꽃분홍 실크로 변했다. 한참을 넋 놓고 지켜보다 공방 안으로 발을 들여놓았다.

천사가 늙은 염색공에게 상냥하게 인사를 건넸다.

"빛깔이 정말 고와요. 마치 요술을 보는 것 같아요."

"평생 해오다 보니 손에 익었을 뿐입니다."

"이렇게 매일 염색하는 일이 힘들지 않으세요?"

"힘들다고 여기면 못 하죠. 저는 염색을 할 때가 가장 행복합니다. 행복은 염색하는 것과 같다는 생각이 듭니다."

천사는 두 귀를 쫑긋 세웠다. 염색공의 말을 하나도 남김 없이 귀에 담아가려는 듯이.

"분홍 물감에 천을 담그면 분홍 천이 되고 검정 물감에 천을 넣으면 검은 천으로 변하지요. 우리 마음도 마찬가지입니다. 행복이란 마음속에 좋은 느낌을 갖는 것이죠. 좋은 느낌을 가지려면 좋은 것과 접촉해야 합니다. 양서를 읽고 아름다운 음악을 듣고, 좋은 사람들과 많이 사귀면 됩니다. 그러면 분홍 물감에 담근 것처럼 기쁜 삶이 펼쳐지지 않겠어요? 반대로 나쁜 것과 접촉하면 그의 삶도 검은 천처럼 어둡게 변할 것입니다."

　늙은 염색공은 행복하기 위해선 나의 마음가짐이 중요하지만 주변 환경을 무시하지 말라고 당부했다. 자기 주변에 어둡고 부정적인 것들이 즐비하다면 그의 마음이 검은 천처럼 변할 것이다. 근주자적近朱者赤 근묵자흑近墨者黑이라는 옛말 그대로다. 붉은 색을 가까이 하는 사람은 붉게 물들고 먹을 가까이 하는 사람은 검게 물들게 마련이다.

　"일전에 저는 두 자녀에게 예쁜 상자를 하나씩 사주었어요. 딸은 거기에 자신이 가장 아끼던 금목걸이와 반지, 귀걸이 등의 보석을 보관했습니다. 아들은 온갖 잡동사니들을 담았어요. 딸의 상자는 보석 상자가 되었지만 아들의 상자는 쓰레기 상자가 되고 말았습니다. 만약 마음속의 상자에 어떤 이는 아름다운 것들을 담고, 어떤 이는 어두운 것들로 채운다면 그들의 삶이 어떻게 되겠습니까?"

염색공은 세상 모든 일에는 인풋input과 아웃풋output의 원리가 작동한다고 했다. 행복이라는 좋은 감정이 아웃풋 되려면 좋은 느낌이 먼저 인풋 되어야 한다. 좋은 감정이 자기 마음속에 들어 있지 않으면 바깥으로 표출될 수 없기 때문이다. 콩 심은 데 콩 나고 팥 심은 데 팥 나는 법이다.

나에게 좋지 않은 일이나 감정이 자주 생긴다면 인풋에 문제가 없는지 찬찬히 돌아볼 일이다. 평소 습관대로 나쁜 것들을 마음속에 마구 집어넣지 않았는지 말이다. 원망과 짜증을 잔뜩 인풋 해놓고 즐거운 아웃풋을 기대하는 것은 모순이다.

염색공은 천사에게 스마트폰을 잠시 보자고 했다. 휴대폰을 만지작거리더니 그가 물었다.

"최신형 모델이군요. 언제 구입하셨어요?"

"5개월쯤 되었습니다."

"한 번 배터리를 충전하면 얼마쯤 쓸 수 있나요?"

"하루 정도입니다."

"그럼, 스마트폰을 쓰지 않고 그냥 두면 배터리가 얼마나 갑니까?"

"대략 4일쯤 갑니다."

"그렇습니다. 스마트폰은 안 쓰고 그냥 두어도 전기가 소모되고, 많이 쓰면 쓸수록 빨리 닳지요. 사람도 마찬가지입니다. 성공을 위해 바쁘게 뛰어다닐수록 빨리 에너지가 소모됩니다. 완전히 방전이 되면 스마트폰 기능이 정지되듯이 사람도 자주 충전하지 않으면 번아웃burnout 상태가 됩니다. 사람들이 우울증에 걸리거나 자살 충동을 느끼는 것은 그런 이유입니다."

염색공은 번아웃을 막으려면 아름다운 것들로 내면을 끊임없이 충전해야 한다고 했다. 백세 장수시대에서 특히 필요한 것이 내면의 충전이다. 스마트폰을 오래 사용하려면 충전이 필수적이듯이 수명이 늘어난 노년까지 행복한 삶을 유지하려면 자신의 내면을 아름다운 것들로 채워야 한다.

삶의 배터리를 충전하는 일은 누구도 대신해줄 수 없다. 자기 스스로 해야 한다. 늙은 염색공이 전해준 지혜이다.

# 04

# 말이 다리를
# 저는 까닭

## 카스토르 Castor

쌍둥이자리를 관장하는 인연의 천사. 카스토르에게는 이런 전설이 전해진다. 그에
게는 폴룩스라는 동생이 있었다. 형은 말 타기에 능했고 동생은 권투를 잘했다. 카스
토르가 죽게 되자 동생 폴룩스는 신에게 자신도 형을 따라 죽게 해달라고 부탁했다.
형제의 우애에 감동한 신은 카스토르와 폴룩스를 두 개의 별로 만들어 아름다운 형
제의 인연을 오래도록 기억하게 했다.

옛날 한 귀족이 소유한 경주용 말이 별 이유 없이 절뚝거렸다. 수의사를 불렀으나 원인을 못 찾겠다는 말만 했다. 결국 그 귀족은 현자를 찾아가 조언을 구했다.

현자가 물었다.

"혹시 몇 달 사이에 말에게 달라진 점이 없나요?"

골똘히 생각한 귀족은 말 조련사를 바꾼 일이 떠올랐다.

"얼마 전에 조련사를 바꾸었어요."

그러자 현자가 다시 물었다.

"말이 조련사의 말을 잘 듣는 편인가요?"

귀족은 조련사와 말 사이에 아무 문제가 없고, 조련사가 열심히 돌봐주고 있다고 대답했다.

"혹시 그 조련사가 다리를 접니까?"

"네, 그리고 보니 다리를 저는군요."

"그럼, 원인이 나왔습니다. 말이 조련사를 따라 다리를 저는 겁니다."

귀족이 현자의 조언에 따라 조련사를 교체하자 말은 얼마 지나지 않아 다리를 저는 행동을 멈추었다.

'인연의 천사' 카스토르는 이 이야기를 전해 듣고 말이 인간에게서 받는 영향이 그 정도라면 인간은 타인에게서 얼마나 영향을 받는지 궁금했다. 그 해답을 얻기 위해 유대인 랍비 아미가엘을 만나러 길을 떠났다.

카스토르는 하늘에서 쌍둥이자리를 담당하는 천사이다. 그는 지상에 머무는 동안 시인으로 등단했다. 여러 편의 시를 발표했으나 그다지 호평을 받지 못했고 주변 시인들과의 관계에서도 어려움을 겪고 있었다.

이스라엘 행 비행기는 저녁 무렵에 텔아비브의 벤구리온 공항에 도착했다. 자리에서 일어난 탑승객들이 주섬주섬 짐을 챙겼다. 시인의 짐은 작은 가방 하나로 소박했다. 공항 출입문이 열렸다. 누군가 시인을 부르는 소리가 들렸다. 고개를 돌렸더니 키파(유대인들이 쓰는 작고 테두리 없는 모자)를 쓴 남자가 손짓을 했다. 랍비 아미가엘이었다. 페이스북으로 서로 사진을 교환했던 터라 두 사람은 단박에 서로를 알아보았다.

"오래 비행기를 타시느라 피곤하시죠?"

"괜찮습니다. 저는 여행을 하면 힘이 불끈 솟거든요."

두 사람은 아미가엘의 승용차를 타고 숙소가 있는 예루살렘으로 이동했다. 길가에 늘어선 가로등이 불을 켜기 시작했다. 중동의 습한 공기가 차 안으로 밀려들었다. 호텔에 여장을 푼 시인은 내일을 기약하며 랍비와 일단 헤어졌다. 몸을 씻고 침대에 눕자 스르륵 잠이 몰려왔다.

다음날 아침 햇살이 객실 커튼 사이로 빼꼼히 얼굴을 내밀었다. 자리에서 일어난 시인은 호텔 2층에 있는 레스토랑으로 내려갔다. 먼저 나온 랍비가 저쪽 코너에서 미소로 반겼다.

"좋은 아침입니다."

"잠은 잘 주무셨습니까?"

두 사람은 함께 아침을 먹었다. 식사가 끝나자 시인이 물었다.

"사람은 주변 환경으로부터 많은 영향을 받습니다. 그중 가장 중요한 것이 무엇이라고 생각하세요?"

"단연 사람입니다. 주변 사람들을 빼놓고는 행복을 이야기할 수 없어요."

"그 정도인가요? 저도 중요하다는 것은 알고 있었지만…."

"스웨덴 심리학자 울프 딤버그가 실험을 통해 과학적으로 입증을 했어요. 그는 실험 참가자들에게 어떤 사진에도 표정을 바꾸지 말고 그대로 유지하라고 부탁했습니다. 그런 뒤 다양한 얼굴 표정의 사진들을 0.5초씩 보여주었는데 성공한 사람이 아무도 없었어요."

"매우 쉬운 과제가 아닌가요? 저라면 잘할 수 있을 것 같은데요."

"그런가요? 실제로는 매우 어렵다고 해요. 사진 중에서 웃는 얼굴을 보자 자기도 모르게 뺨의 근육이 미세하게 움직였고, 화난 표정을 볼 때는 이마의 미간 근육이 따라 움직였습니다. 아무리 가만히 있으려고 해도 얼굴 표정에 관한 정보가 나의 뇌 속으로 들어와 얼굴 근육을 움직이게 만들기 때문이죠."

"놀랍군요. 0.5초의 짧은 순간에 그런 일이 벌어지다니."

"기껏 사진이 이런 정도라면 우리가 직접 사람을 만나는 경우라면 어떨까요? 우리는 부지불식간에 주변 사람들의 표정이나 말, 행동에서 굉장히 많은 영향을 받으며 살아갑니다."

랍비는 행복한 느낌을 가지려면 행복한 사람들과 인연을 맺고 자주 만나는 것이 좋다고 강조했다. 행복의 전염성은 독감보다 강하다. 내가 행복하면 친구의 행복감이 25퍼센트, 친구가 행복하면 나의 행복감이 25퍼센트 높아진다. 고독감, 심지어 비만이나 흡연까지도 타인에게 전염된다고 한다.

"당신은 어떤 사람입니까?"

"저야 물론 시를 쓰는 시인입니다. 필요하시다면 자세한 프로필을 보여드릴 수도 있습니다."

"그것으로 당신을 정확히 알 수는 없어요. 저라면 당신을 보지 않고 당신의 주변 사람들을 보겠습니다. 당신이 가장 자주 만나는 5명만 보면 당신과 당신의 삶을 파악할 수 있으니까요."

시인은 문득 자기 주변에 있는 사람들을 떠올렸다. 얼굴이 밝은 사람, 꿈이 많은 사람, 인정이 많은 사람들이 얼마나 많은가. 만약 매사에 부정적인 사람, 짜증을 내는 사람들이 주변에 있다면 내 삶도 뒤틀리게 될 것이다.

사람과의 관계에서 가장 중요한 것은 한 이불을 덮고 자는 부부일 것이다. 미국 시사 주간지 〈뉴스위크〉 보도에 따르면 "당신은 고립되었다고 느낍니까?"라는 질문에 "그렇다"고 답한 아내는 17년 이내 유방암, 자궁암 사망 확률이 아니라고 답한 여성보다 3.5배나 높았다. 또 "아내가 당신에게 사랑한다고 말합니까?"라고 묻자 "아니다"라고 답한 남편은 5년 이내 협심증 사망 확률이 "그렇다"고 답한 남성보다 50퍼센트 높았다고 한다.

시인은 이런저런 상념으로 머릿속이 번잡했다. 그때 랍비의 질문을 듣고 퍼뜩 정신을 차렸다.

"좋은 시를 쓰고 싶으세요?"

그는 시인으로 등단했지만 대중은 그를 몰랐다. 자신을 대표할 만한 시로 꼽을 만한 것도 없었다. 시인은 1초의 망설임도 없이 '예스'의 메시지를 발사했다.

"그럼, 최고의 시인과 사귀세요."

랍비가 다시 물었다.

"부자가 되고 싶으세요?"

시인으로서 지상의 삶은 곤궁했다. 돈이 없어 불편을 겪은 적이 한두 번이 아니었다.

랍비의 물음에 그렇다고 대답했다.

"부자와 자주 만나세요. 돈을 많이 벌겠다면서 부자를 비난하면 당신 마음에서부터 거부 반응이 일어납니다."

마지막으로 행복하기를 원하느냐는 랍비의 질문을 받았다. 시인이 고개를 끄덕이자 그가 외쳤다.

"간단해요. 행복한 사람들과 인연을 맺으세요. 그들의 생각과 행동에 감염되세요."

## 05
# 고마리도 낮꽃을
# 피우고 있었다

가데니아Gardenia

천리 밖의 향기까지 맡는 비상한 재능을 가진 향기의 천사. 가게 앞에 꽃을 가꾸는 중년의 여인을 통해 행복은 꽃에 물을 주는 것이라고 생각하게 되었다. 꽃을 키우면 꽃의 향기와 아름다움이 자신의 영혼에 스며들고, 주위 사람들에게도 흐뭇한 기운이 전해질 것이다.

가데니아는 천사 중에서 가장 예민한 코를 가졌다. 신은 그의 특별한 능력을 인정해 천상의 향기를 주관하는 임무를 맡겼다. 가데니아는 치자나무의 열매를 건조해 만든 향신료를 가리키는 말이다.

천사는 지상을 여행하는 동안 온갖 향기의 향연에 푹 빠졌다. 어느 날 중국 청두의 골목을 지나는데 진한 치자 향기가 코끝을 자극했다. 그는 향기가 나는 곳으로 발길을 돌렸다. 미장원 앞 화분에서 치자가 하얀 꽃망울을 터뜨리고 있었다. 벌과 나비들이 이른 아침부터 부지런히 꿀을 따고 있었다. 옆에 놓인 화분에서는 유홍초가 빨간 꽃 문을 열었고, 고마리는 밥알 같은 꽃송이를 주렁주렁 매달았다. 잠시 후 미장원 주인이 가게 문을 열고 나왔다. 중년의 여인은 콧노래를 흥얼거리며 꽃나무에 물을 주었다. 천사가 말했다.

"무엇이 당신을 이토록 기쁘게 하나요?"

"얘들이 춤을 추는 모습이 보이지 않나요? 지금 쟤들은 난리가 났어요. 뿌리 끝의 물을 줄기와 잎으로 옮기느라고요. 저는 아침에 일어나면 이 아이들의 보금자리를 살피고 머리를 쓰다듬어줍니다."

아이라고 부르는 아주머니의 호칭이 전혀 이상하게 들리지 않았다. 그녀에게 꽃은 자식이나 다름없었다. 꽃들이 시원한 샤워를 끝내자 치자 꽃잎은 더 하얘졌고 유흥초의 입술은 더 빨개졌다.

"방금 무엇이 저를 기쁘게 하는지 물으셨죠. 얘들이 기뻐하는 걸 보면 저도 모르게 얼굴이 밝아집니다."

왜 그렇지 않겠는가? 꽃의 파동을 가장 먼저 접하는 이는 꽃을 가꾸는 사람일 테니까. 꽃은 마음을 정화하는 힘이 있다. 양로원에 있는 노인들에게 화초를 손수 가꾸어보라고 했더니 3주 후에 다른 환자들보다 행복감과 활동성이 높아졌다고 한다. 넉 달쯤 지나자 다른 노인들은 건강이 나빠졌으나 화초에 물을 주면서 돌본 노인들의 건강은 더 좋아졌다. 꽃을 가꾼 노인은 사망률에서도 그렇지 않은 노인에 비

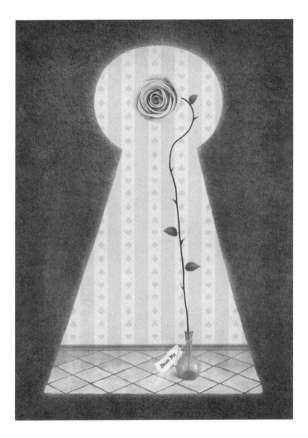

세상에 찡그린 꽃은 없다.
예쁜 꽃을 보면 얼굴에 낯꽃이 필 것이다.
밝은 얼굴을 보면 주위에 있는 사람들까지 즐거워진다.

해 질반으로 떨어졌다.

"꽃을 가꾼 후로는 가게 장사도 잘 되는 것 같아요. 제 얼굴이 밝아지니까 손님들도 좋아하고요. 손님들이 그 비결이 뭐냐고 묻죠. 그때마다 꽃에 물을 주라고 권해요."

세상에 찡그린 꽃은 없다. 예쁜 꽃을 보면 얼굴에 낯꽃이 필 것이다. 밝은 얼굴을 보면 주위에 있는 사람들까지 즐거워진다. 벌과 나비가 꽃의 향기를 맡고 모이듯이 낯꽃이 핀 사람 곁에도 사람들이 몰려들 것이다.

"저는 음식점에 갈 때도 주인이나 종업원의 얼굴을 먼저 봅니다. 큰소리가 나거나 어두침침한 가게에는 들어가지 않아요. 밝은 얼굴로 음식을 만들면 음식이 더 맛있고 행복한 기운이 가게 안에 퍼질 게 아니겠어요? 행복하냐, 그렇지 않느냐는 그의 얼굴을 보면 단박에 알 수 있습니다. 옛날 어떤 성자께서는 어떤 사람이 '나는 하는 일마다 잘 안 된다'고 하소연하자 '그건 당신이 베풀지 않기 때문'이라고 했어요. 그가 '가난해서 남에게 베풀 돈이 없다'고 했더니 성자는 돈이 없어도 베풀 수 있는 일곱 가지 방법을 가르쳐주었습니다. 그 첫 번째가 얼굴을 환하게 하는 것이었어요. 따뜻한 미소로 남을 대하면 그의 마음이 따뜻해지고 그 주변까지 따뜻해지죠. 이것이 선행이고 행복의 비결이 아니겠어요?"

밝은 표정으로 사람을 대하는 것은 훌륭한 선행임에 틀림없다. 미소 띤 얼굴로 상대를 바라보면 상대방의 마음도 흐뭇해질 것이다. 반면 상사가 찌푸린 얼굴로 회사에 출근하면 사무실 분위기가 무겁게 가라앉을 수밖에 없다. 같은 이치로 집 앞에 꽃 화분을 내놓는 행위 역시 훌륭한 선행이 된다. 길을 오가는 행인들에게 꽃으로 행복감을 선사하는 일이니까.

"저는 꽃에 물을 주면 마음이 차분해져요. 마치 물로 영혼을 정화하는 기분이 듭니다."

어떤 수필가가 말했듯이 꽃나무에 물을 주는 것도 기도이다. 미장원 아주머니는 그 기도를 통해 자신의 영혼을 씻고 삶을 살아가는 에너지를 얻고 있는 것이다.

"선생님도 꽃을 가꾸어보세요. 한 송이 꽃에서 얻는 행복감이면 하루는 너끈히 보낼 수 있어요."

아주머니의 미소가 꽃처럼 빛났다. 치자와 고마리도 어느새 낮꽃을 피우고 있었다.

# 06

# 언어의 집을
# 짓다

알키바-Alchiba

언어를 관장하는 말의 천사. 까마귀자리에서 가장 밝은 별의 이름이다. 신의 전령이
었으나 거짓말을 하다 신의 노여움을 사서 온몸이 까맣게 변하고 말았다. 그 후 알키
바는 자신의 잘못을 뉘우치고 거짓말을 일절 입에 올리지 않았다. 그의 말은 언제나
선하고 진실했다. 거짓의 천사가 말의 천사로 거듭난 배경이다.

인간 세상에서 요즘처럼 말이 많았던 시대는 일찍이 없었다. 말이 홍수를 이루지만 말 값을 하는 말들은 적다. 오히려 무가치하거나 상스러운 말들이 판을 친다. 타인의 인격을 짓밟고 진실을 왜곡시키는 말과 글이 난무한다. 이로 인해 인간의 행복이 짓밟히고 파괴되고 있다.

인터넷과 SNS는 현대인에게 엄청난 축복임이 분명하다. 이전 시대에서는 상상도 할 수 없는 온라인이라는 새 세상을 선물로 받은 것이니까. 이 선물을 유익하게 활용한다면 인간의 삶은 훨씬 풍성하고 아름다워질 것이다. 하지만 온라인이라는 '문명의 이기'는 인간의 오용으로 '문명의 흉기'가 되고 말았다.

'말의 천사' 알키바는 언어의 문제를 풀지 않고서는 인간의 행복이 불가능하다고 생각했다. 그는 세계적 언어학자인 오스트리아의 칼 데브리스 박사를 찾아갔다. 빈대학교에 있는 연구실에서 그와 대면했다.

"소통의 도구로 등장한 말이 갈등의 불씨로 전락한 현실이 가슴 아픕니다. 험한 말들이 안온한 삶을 망가뜨리고 있어요."

알키바는 걱정스러운 표정으로 자신이 사는 한국의 실상을 전해주었다. 가만히 듣고 있던 데브리스 박사가 말문을 열었다.

"그래요? 여기 오스트리아 사람들도 정도의 차이는 있지만 거의 같은 지경입니다."

"한국 예천 대죽리에 가면 '말 무덤'인 언총言塚이 있습니다. 400여 년 전 이 마을에는 여러 성씨가 모여 살았습니다. 이웃 간 사소한 말다툼이 문중싸움으로 번지는 일이 잦았어요. 그 광경을 본 승려가 말 무덤을 만들어보라고 조언했어요. 마을 사람들은 미워하고 원망하는 말들을 종이에 적어 각자 사발에 담은 뒤 산기슭에 묻었습니다. 그 뒤로는 말싸움이 없어지고 서로 화목하게 지냈다고 합니다. 우리도 마을마다 말 무덤이라도 만들어야 할까 봐요."

"발 없이 돌아다니는 말들을 무슨 재주로 땅에 묻겠습니까?"

"그러면 무슨 뾰족한 방법이 없겠습니까?"

"방법이 없진 않지요. 민주사회에서 국가가 개인의 입을 일일이 통제할 순 없습니다. 자기 입단속은 자기가 해야죠. 그러자면 말에 대한 정확한 인식을 가져야 합니다. 말은 입 밖으로 나오면 허공으로 사라진다고 생각하지만 그렇지 않아요. 입 밖에 나오는 순간부터 진짜 생명이 시작되니까요. 말은 종이에 쓰는 글과는 달리 허공에 쓰는 언어입니다. 허공에 적은 말은 지울 수도 찢을 수도 없어요. 한번 내뱉은 말은 자체의 생명력으로 공기를 타고 퍼져나갑니다. 내 입에서 나온 말소리는 초속 340m의 속도로 상대에게 날아가지요. 그게 말 폭탄이라는 것입니다."

"음속으로 날아가는 말 폭탄이라는 얘기를 들으니 으스스합니다."

"보통 폭탄은 공격하는 상대방만 해칩니다. 그러나 말 폭탄의 경우는 당사자가 더 큰 피해를 봅니다. 험한 말을 입 밖으로 뱉어내면 그 말은 자기 귀를 통해 자기 마음으로 들

우리는 하루에도 말로써 수천 개의 집을 짓는다.
좋은 말이 햇빛이 잘 드는 집이라면
불평과 미움이 담긴 말은 어두컴컴한 동굴 같은 집이라고 할 수 있다.
그곳에 자신이 살고 있다고 생각해보라.
어떤 집이 나를 행복하게 해줄까?

어갑니다. 또 그 말을 하기 전에 나쁜 언어들까지 머릿속에 떠올려야 하므로 자기 내면은 쓰레기 언어의 집하장이 됩니다. 누구의 피해가 가장 크겠습니까? 험한 말을 쓰는 사람 치고 얼굴이 밝거나 행복한 사람이 없는 것은 그런 까닭입니다."

험한 말은 자신의 행복을 해치는 흉기라는 박사의 지적이 알키바 천사의 가슴에 꽂혔다. 군자의 군君을 파자해보면 다스릴 윤尹 아래에 입 구口가 있다. '입을 다스리는 사람'이 군자라는 뜻이다. 입을 잘못 놀리면 소인으로 추락하지만 잘 간수하면 당신도 군자가 될 수 있다.

데브리스 박사가 말했다.

"철학자 하이데거는 '언어는 존재의 집'이라는 멋진 말을 남겼어요. 우리는 하루에도 말로써 수천 개의 집을 짓습니다. 좋은 말이 햇빛이 잘 드는 집이라면 불평과 미움이 담긴 말은 어두컴컴한 동굴 같은 집이라고 할 수 있어요. 그곳에 자신이 살고 있다고 생각해보세요. 어떤 집이 나를 행복하게 해줄까요?"

인간은 성인이 될 때까지 부정적, 소극적인 말을 14만 번

징도 늘고 자란다고 한다. 하루에 스무 번꼴로 부정적인 환경에 노출되는 셈이다.

인간은 원래 좋은 뉴스보다 나쁜 뉴스에 더 솔깃하다. 그것은 생존본능에 따른 자연스러운 현상이다. 먼 옛날 원시시대에는 외부 위협에 기민하게 행동하는 생명체만이 살아남을 수 있었다. 그러나 부정적인 정보들은 생존엔 유리하지만 행복감을 떨어뜨리는 요인으로 작용한다. 이런 부정의 환경에서 벗어나려면 '마법의 비율 5:1'처럼 의도적으로 긍정의 세례를 받을 필요가 있다.

알키바 천사는 언어학자의 말을 곱씹었다. 인간이 불행해지는 것은 물질의 문제가 아니다. 자신의 삶을 파괴하는 부정적인 언어의 영향이 더 크다는 생각이 들었다. 학자가 힘주어 말했다.

"자, 지금부터 밝고 긍정적인 언어에 자신을 노출시키세요. 그것은 양지바른 곳에 집을 짓고 사는 것과 같습니다. 곧 처마에 파랑새가 둥지를 틀 것입니다."

# 마법의 비율 5:1

부부 상담 전문가인 존 고트먼 워싱턴대학교 교수는 행복한 관계를 지속하려면 긍정적인 말을 부정적인 말보다 다섯 배 정도 더 많이 해야 한다고 강조한다.

교수는 700쌍 이상의 부부를 비디오로 촬영했다. 부부의 대화를 분석한 끝에 행복한 결혼생활과 이혼을 결정짓는 가장 중요한 변수를 찾아냈다. 그것은 부부 간 주고받은 긍정적인 대화와 부정적인 대화의 비율이었다.

금슬이 좋은 부부는 비난이나 무시와 같은 부정적인 말을 한 번 했다면 격려나 칭찬과 같은 긍정적인 표현을 적어도 다섯 번 이상 했다. 반면 긍정적인 대화와 부정적인 대화의 비율이 5:1 이하로 떨어지면 결혼생활에 금이 가기 시작했다. 교수는 이를 마법의 비율 5:1이라고 명명했다.

이 마법의 비율은 부부 사이에만 국한되지 않는다. 친구나 동료 간 관계를 포함해 삶의 모든 영역에 통용될 수 있다. 부정적인 환경보다 기쁘고 희망적인 환경에 5배 더 많이 접하라는 것이다. 삶의 엔도르핀과 행복감을 늘리는 방법이다.

# 07

# 나무를 끌어안은
# 인디언

물고기자리를 관할하는 사랑의 천사. 물고기자리는 서쪽과 북쪽의 두 마리 물고기가 줄로 이어진 모습을 하고 있다. 그리스 신화에선 미의 여신 아프로디테와 그의 아들 에로스가 괴물에게 쫓겨 변한 것이라고 한다. 에로스는 자신이 가진 활과 화살로 신들조차 사랑의 포로로 만들었다는 바로 그 사랑의 신이다.

구글을 통해 'love'라는 단어를 검색하면 0.41초 만에 175억 개의 글이 검색된다. 인간이 그만큼 사랑을 중시하고 있다는 증거이다. 그런데 왜 인간은 사랑에 굶주리고 불행한 삶을 사는 걸까?

'사랑의 천사' 파이시스는 의문을 풀기 위해 이탈리아 로마의 빈첸시오 신부를 찾아갔다. 행복 전도사인 그는 사랑만이 인간의 삶과 행복에 절대적인 영향을 준다고 믿었다.

빈첸시오는 하얀 사제 제의를 입고 있었다. 옷이 무척 잘 어울린다는 생각이 들었다. 그의 겸손한 태도는 상대의 마음을 편안하게 해주었다. 천사는 신부에게 세상에서 사랑의 온기가 점차 식어가는 까닭을 물었다.

"그야 사람들이 말로만 사랑을 하기 때문이죠."

"행동이 따르지 않는 사랑이 많다는 말씀이군요."

"그렇습니다. 행동이 없는 사랑은 불완전한 사랑입니다. 연인이 사랑을 하면 눈에 번쩍 스파크가 일거나 온몸이 찌릿찌릿해집니다. 전기 합선이나 감전과 같은 현상이 일어나죠. 합선이나 감전이 되려면 서로 접촉해야 합니다."

"저도 신부님과 같은 생각입니다. 말로 백 번 하는 사랑보다 한 번 손 잡아주는 게 좋으니까요."

"사랑이 진전되려면 스킨십이 있어야 합니다. 연인들도 관계가 무르익으면 손을 잡거나 키스를 하지 않습니까? 요즘 SNS 시대는 스킨십이 빠져 있다는 게 문제입니다. SNS로는 접속은 가능해도 접촉은 불가능합니다. 서로 접촉하고 교감이 오가야 진정한 소통이 될 수 있어요."

"가까이서 자주 접촉해야 정이 깊어지고 안 보면 멀어집니다."

"딱 맞히셨어요. 제가 하고 싶은 말입니다. 옛날 독일 프로이센에 호기심이 많은 프리드리히 2세가 있었습니다. 국왕은 인간의 말을 듣지 않고 자란 아기가 맨 처음 어떤 말을 할지 궁금했어요. 왕은 엄마에게서 아기를 빼앗아 보모가 대신 키우도록 지시했습니다. 보모는 아기에게 젖을 먹이고 잠을 재우고 목욕을 시켰으나 그 외의 시간에는 만지지도 말을 건네지도 않았어요. 하지만 국왕의 실험은 실패로 끝나고 말았습니다. 아기들이 언어를 사용할 수 있는 연령이 되기 전에 모두 죽어버렸으니까요."

"저런, 아무리 왕이기로서니 그런 비인간적인 실험을 하다니요."

"수백 년의 세월이 흐른 뒤 비슷한 실험이 진행되었어요. 이번에는 인간이 아니라 새끼 쥐가 실험 대상이었습니다. 과학자는 새끼 쥐들을 둘로 나누어 한 집단에게는 음식을 주면서 어미가 혀로 핥아주는 것처럼 물을 묻힌 붓으로 피부를 계속 자극했어요. 다른 집단에게는 그저 먹을 것만 제공했죠. 몇 주가 지나자 먹을 것만 제공받은 쥐들은 모조리 죽었으나 붓으로 자극해준 쥐들은 건강하게 살아남았습니다."

"붓 하나 차이로 생사가 엇갈렸군요. 죽음의 원인은 무엇이었나요?"

"포유류의 피부에는 C-촉각 신경섬유가 있어서 신체 접촉을 통해 심리적 안정을 느끼기 때문이죠. 스킨십은 사람의 정서적, 사회적 발달뿐만 아니라 생존을 위해서도 꼭 필요한 요소입니다. 인간의 먼 친척인 침팬지와 원숭이들을 보세요. 이들은 상대를 긁어주고 털을 골라주는 데 하루에 서너 시간을 씁니다. 수면시간을 제외한 일과시간의 20퍼센트를 스킨십에 사용하는 셈이지요."

천사가 놀라는 표정을 짓자 빈첸시오는 "신부는 절대 거짓말을 하지 않는다."라며 순한 미소를 지었다.

"만약 인간이 침팬지나 원숭이처럼 활동시간의 20퍼센트를 스킨십으로 보낸다면 다툼, 갈등, 이혼과 같은 문제들이 거의 사라질 겁니다. 유인원도 하는 스킨십을 왜 만물의 영장인 인간은 못 하는 걸까요?"

인간의 몸에서는 사랑이 핑크빛으로 무르익을 때 페닐에틸아민이 생성되다가 절정에 이르면 마약과 유사한 엔도르핀이 만들어진다. 뇌의 중추신경을 자극해 행복감에 젖게 하는 호르몬이다. 안타깝게도 사랑의 묘약은 결혼 2년쯤 되면 더 이상 분비되지 않는다. 이런 위기의 순간에 사랑을 이어주는 것이 바로 스킨십이다. 스킨십을 하면 엔도르핀과 옥시토신이 분비돼 행복한 기분이 든다고 한다.

"예전에 동일본에서 대지진이 난 적 있었어요. 그때 지진으로 아내를 잃은 60대 할아버지가 자기보다 스무 살이나 많은 할머니를 업고 다녔어요. 두 분은 모르는 사이였습니다. 주위 사람들이 이상해서 물으니까 이렇게 말했어요.

'저 할머니가 내 등에 없으면 정말 고통스러워 살 수가 없소. 할머니를 업고 화장실을 가고 밥을 먹여드리면 신기하게도 내 고통이 반으로 줄어들어요.'

이것이 스킨십의 신비입니다. 스킨십을 하면 고통이 줄고 행복감이 증가합니다."

빈첸시오 신부는 천사에게 자녀가 있느냐고 물었다. 천사가 "둘이 있다."라고 얼른 둘러대자 자녀들을 자주 포옹하라고 조언했다.

"인디언은 마음이 외롭거나 쓸쓸하면 나무를 끌어안아요. 두 팔로 나무를 안고 교감을 나누는 것이죠. 그러면 외로움이 사라진다고 해요."

포옹은 건강을 위해 매우 유익하다. 스트레스를 받을 때 분비되는 코르티솔 수치가 떨어지면서 면역성이 강화되고 심리적 불안감이 낮아진다. 실제로 중년 여성에게 남편과 자주 포옹을 하게 했더니 혈압이 떨어져 심장병 발병이 줄었다고 한다.

"신부님, 요즘 1인 가구가 증가하고 혼밥족이 늘고 있어요. 스킨십 할 상대가 없는 사람들이 많은 걸요."

"그런 혼밥족에게도 방법이 있어요. 인디언처럼 나무라도 살짝 껴안아 보세요."

# 내려놓기
## Disburdening

인간의 일생은 채우는 과정의 연속이다. 어린아이의 관심사는 기껏 장난감이나 과자 정도일 것이다. 나이가 들면서 욕심은 기하급수적으로 늘어난다. 이사를 해보면 안다. 언제 짐이 늘었는지 수십 박스를 버려도 끝이 없다.

사하라 사막에 사는 잿빛모래쥐는 묘한 습관이 있다. 건기가 다가올 무렵이면 풀뿌리를 모아 저장하기 시작한다. 아침부터 밤까지 사막을 헤집고 다니며 열심히 풀뿌리를 모은다. 무사히 건기를 보내려면 2$kg$ 정도의 풀뿌리가 필요하다고 한다. 모래쥐들은 충분한 풀뿌리를 비축한 뒤에도 계속 그것을 찾아다닌다. 풀뿌리를 못 모으게 방해하면 불안감으로 날카로운 울음소리를 낸다. 풀뿌리가 너무 많아 썩어버리는 지경인데도 끊임없이 풀뿌리를 모은다. 이런 식으로 모래쥐 한 마리가 저장하는 풀뿌리의 양은 10$kg$이 넘는다. 소유물을 끌어 모으기에 바쁜 인간의 모습과 흡사하지 않은가?

인간이 축적하는 소유물들은 돈 따위의 물질에만 그치지 않는다.

더 많은 권력과 명예 등을 얻기 위해 모래쥐처럼 바쁘게 돌아다닌다. 인간은 행복하기 위해 그것을 모아야 한다고 주장한다. 하지만 그것을 모으느라 인간은 행복을 즐길 틈이 없다. 심지어 그걸 얻기 위해 행복을 희생하기까지 한다. 주객이 뒤바뀐 격이다.

행복하기 위해선 우선 탐욕의 늪에서 벗어나야 한다. 돈과 권력과 명예를 좇느라 아등바등하는 과정에서 생긴 원망 분노 시기 질투심은 그만 내려놓아야 한다. 삶의 찌꺼기들이 꽉 들어찬 상태라면 마음속에 행복이 머물 공간이 있겠는가?

# 01
# 아침은
# 드셨나요?

라이라<sup>Lyra</sup>

거문고자리를 지키는 음악의 천사. 옛날에 거북이 껍질과 소의 창자로 만든 거문고가 있었다. 아폴론이 그 거문고를 아들에게 주었으나 아들은 아내가 뱀에 물려 숨지자 실의에 빠져 결국 죽고 만다. 신은 주인 잃은 거문고를 라이라 천사에게 주어 음악으로 천상의 영혼들을 위로하게 했다.

라이라는 '음악의 천사'이다. 드넓은 우주를 순회하면서 거문고를 연주한다. 천사와 인간의 영혼은 깊고 달콤한 거문고의 선율에 말할 수 없는 기쁨을 누렸다. 파도가 심장을 치고 학이 춤추는 듯했다. 그의 연주를 듣고 나면 하늘의 별들도 더 아름답게 반짝이는 것 같았다. 라이라의 노랫말에는 삶을 찬미하는 내용이 많았다. 신이 주신 소중한 시간을 낭비하지 말고 오롯이 누리라는 것이다.

라이라도 진정한 행복을 찾기 위해 연주 여행을 중단하고 지상에 왔다. 그는 오늘의 소중함을 일깨워주는 선지자를 만나고 싶었다. 라이라가 찾아간 이는 인도의 성자 라마찬드라였다.

천사가 방문했을 때 성자는 밭에서 씨앗을 뿌리고 있었다. 천사가 진정한 행복에 관해 묻자 그는 대답 대신 엉뚱한 질문을 던졌다.

"아침은 드셨나요?"

천사는 고개를 끄떡였다.

"식사한 그릇은 잘 씻었나요?"

천사는 다시 고개를 끄떡였다.

성자는 또 물었다.

"그릇은 잘 말렸나요?"

"네, 그렇고말고요."

천사는 반복되는 질문에 짜증스럽게 대꾸했다.

"여기서 증거라도 보여 드릴까요?"

"나는 이미 해답을 드렸습니다!"

천사는 무슨 말을 하는지 몰라 어리둥절한 표정을 지었다. 그러자 성자가 말했다.

"행복은 배고프면 밥 먹고 피곤하면 잠자는 것입니다."

"그거야 어린아이도 할 수 있는 일이 아닌가요?"

"그렇지 않습니다. 사람들은 밥을 먹을 때도 밥만 먹지 않고 쓸데없는 생각을 하고, 잠을 잘 때도 그냥 잠을 자지 않고 이런저런 걱정을 합니다. 밥 먹을 때 밥 먹고 잠잘 때 잠

현재의 시간을 100퍼센트 향유하는 것이 행복의 비결이다.
행복은 지금 이 순간을 얼마나 자기 것으로 만드느냐에 달려 있다.

자는 사람은 그리 많지 않습니다. 이런 것을 잘하는 것이 수행이고 도道입니다. 옛날 위대한 존자께서는 허름한 옷을 걸치고 나물 반찬으로 식사하면서도 무한한 희열을 느꼈습니다. 삿된 생각에 휘둘리지 않고 현재의 삶을 온전히 누릴 수 있었기 때문이지요."

쓸데없는 일에 정신을 팔지 말고 지금의 삶을 즐기라는 것이다. 지금 눈앞에 있는 것에 집중하고, 오늘에 최선을 다하라는 당부였다.

하지만 인간은 한시도 멈추지 않고 온갖 번뇌에 시달린다. 휴식을 취할 때도 마음의 안정을 얻지 못하고, 잠을 잘 때도 숙면을 취하지 못한다. 별의별 생각을 다 하면서 근심의 포로가 된다.

"옷을 입어야 할 때 옷을 입으세요. 걸어야 할 때 걸으세요. 똥 누고 오줌 싸고 밥을 잘 먹으세요."

성자는 현재의 시간을 100퍼센트 향유하는 것이 행복의 비결이라고 했다. 행복은 지금 이 순간을 얼마나 자기 것으로 만드느냐에 달렸다는 것이다.

성자가 다시 천사에게 물었다.

"당신의 생애에서 가장 소중한 날은 언제입니까?"

"오늘이라고 생각합니다."

"당신 삶에서 절정의 날은 언제입니까?"

"오늘입니다."

"그리고 가장 행복한 날은 언제입니까?"

"바로 오늘입니다."

"그렇습니다. 오늘은 다시 오지 않습니다. 삶의 소중함을 깨닫고 진리의 눈을 떠야 합니다. 이제 당신이 그것을 충분히 이해하셨으니 더 이상 드릴 말씀이 없습니다. 당신은 손에 있는 씨앗을 뿌리시면 됩니다. 저도 풍성한 수확을 위해 밭에 씨앗을 뿌려야겠어요."

성자는 이렇게 말하고는 씨앗을 뿌리기 위해 밭으로 걸어 갔다.

# 02
# 아직도 여인을
# 업고 있는가

델피누스 Delphinus

~~~~~~

돌고래자리를 담당하는 평화의 천사. 돌고래자리는 늦여름이나 가을에 밤하늘에서
볼 수 있는 별자리이다. 어느 날 하프 연주자인 아리온이 배를 타고 돌아가던 도중에
선원들의 폭동으로 바다에 빠지게 되었다. 그때 돌고래가 아리온을 태워 해변으로
무사히 데려다주자 돌고래의 행동을 가상히 여긴 신께서 하늘에 별자리로 만들어
영원히 빛나게 했다고 한다.

옛날 두 승려가 함께 길을 걷고 있었다. 어느 개울가에 이르렀을 때 젊은 여인이 시내를 건너지 못해 발을 동동 구르고 있었다. 밤새 내린 비로 물이 잔뜩 불어 있었기 때문이다. 한 승려가 젊은 여인을 들쳐 업고 개울을 건너게 해주었다. 이 광경을 본 도반은 절에 도착할 때까지 한 마디도 하지 않았다. 여인을 업었던 승려가 까닭을 묻자 도반이 언짢은 표정으로 말했다.

"출가한 사람은 여색을 가까이 해서는 안 되거늘 자네는 여인을 업고 개울을 건넜네. 계율을 범한 것이 아니고 뭔가?"

"이보게. 나는 이미 여인을 개울가에 내려놓았네. 자네는 아직도 여인을 등에 업고 있는가?"

책을 읽던 '평화의 천사' 델피누스는 무릎을 쳤다. 마음의 평화를 누리지 못하는 것은 걱정을 등에 업고 내려놓지 않기 때문이라는 생각이 들었던 것이다. 한 승려는 마치 빈 배처럼 여인을 실어주고 비웠지만 그의 도반은 여인을 마음에 담고서 괴로워하고 있지 않은가?

델피누스는 지상에서 보험회사 영업사원으로 취직했다. 그의 평화는 상사의 질책과 과중한 업무 스트레스로 자주 무너졌다. 목표를 채우지 못해 꾸지람을 듣는 날이면 우울한 기분이 오랫동안 지속되었다.

기다리던 여름 휴가철이 시작되자 델피누스는 재가 수행자 안영雁影이 사는 지리산 기슭의 촌락을 찾아갔다. 안영은 '기러기 그림자'라는 뜻이다. 기러기가 강 위를 날아도 강물에 그림자를 남기지 않는다는 의미를 담고 있다. 안영은 자신의 이름처럼 일상생활에서 방하착(내려놓기)을 실천해오고 있었다.

델피누스의 고민을 들은 안영이 말했다.

"걱정 마세요. 세상에 걱정이 없는 사람은 단 한 명도 없으니까요."

"그래도 이 걱정, 저 걱정으로 잠이 잘 오지 않는 걸요."

"그것은 걱정이 많아서가 아니라 당신이 걱정을 붙잡고 있기 때문입니다. 이미 지나갔거나 오지 않은 걱정까지 하고 있으니 걱정이 그칠 새가 없는 것이죠."

실제로 걱정의 40퍼센트는 현실에서 절대 일어나지 않는 것이고, 30퍼센트는 이미 일어난 과거에 관한 것이고, 22퍼센트는 아주 사소한 일로 걱정할 필요가 없는 것이고, 4퍼센트는 사람의 힘으로 어쩔 도리가 없는 것이고, 나머지 4퍼센트만이 사람이 바꿀 수 있는 일에 관한 것이라고 한다. 96퍼센트가 부질없는 걱정이라는 얘기이다.

"걱정거리는 사람 간에 별 차이가 없어요. 대개는 걱정을 내려놓느냐 그러지 못하느냐 하는 차이일 뿐입니다. 영어에서 걱정을 뜻하는 worry는 '짜내다, 목을 조르다'라는 의미를 지닌 wring에서 나왔어요. 스스로 걱정을 내려놓지 않으면 결국 그것이 내 삶의 목을 조를 것입니다. 될 일은 어떻게든 됩니다. 걱정을 놓아야 기쁨이 올 수 있습니다."

걱정은 내가 한다고 사라지지 않는다. 내가 통제할 수 없는 걱정이라면 담담히 받아들이고 내려놓아야 한다. 한 날의 괴로움은 그 날로 족하다. 내일 일을 미리 걱정하지 말고 내일에 맡길 일이다.

사람들은 세상이 복잡하다고 푸념한다. 정확히 말하면 세상이 복잡하다기보다는 그 사람의 머릿속이 복잡한 것이다. 잡다한 세상 근심들을 머릿속에 꽉꽉 채워두고 있으니 머리가 무거운 것은 당연한 이치이다.

"제 스승께서 세상을 떠나면서 제자들에게 상자를 하나 남겼습니다. 스승은 도저히 해결할 수 없는 큰 문제가 생겼을 때 상자를 열어보라고 하셨어요. 시간이 흘러 큰 문제가 터져 제자들이 상자를 열었더니 '될 대로 될 것이다. 걱정하지 마라'는 글귀가 들어 있었어요. 문제가 생기면 해결을 위해 혼신의 힘을 다하되 그래도 풀리지 않으면 하늘의 뜻을 기다려야 한다는 것이죠."

안영은 대화 도중에 화장실 이야기를 꺼냈다. 절에서는 화장실을 근심을 푸는 곳이라고 해서 해우소라고 부른다. 대변으로 육신의 찌꺼기를 비우는 행위에 그치지 말고 마음의 근심까지 비우라는 속뜻을 담고 있다.

"사람들은 하루에도 몇 번씩 화장실에 갑니다. 그러나 음식의 찌꺼기는 매일 비우면서도 마음의 찌꺼기는 비우지 않습니다. 몸에 찌꺼기가 생기듯이 마음에도 찌꺼기가 생깁니다. 빨리 달리는 자동차에서 노폐물이 많이 생기는 것처럼 열심히 살수록 마음의 찌꺼기도 많이 발생합니다. 행복하기 위해선 이런 삶의 찌꺼기들을 말끔히 비워내야 합니다."

안영은 사람들이 종교를 믿고 기도하는 것은 이런 비움과 내려놓음을 잘하기 위해서라고 했다. 무엇을 자꾸 해달라는 식의 채우는 기도는 올바른 기도가 아니라는 것이다.

예수께서 '원수를 사랑하라'고 하신 것도 원수를 위해서가 아니라 나를 위해 미움을 내려놓으라는 뜻이라고 했다. 미움, 원망, 근심이 마음에 가득한 상태에서 어떻게 행복할 수 있겠는가?

# 03

# 샤런,
# 금방 끝날 거야

레오<sup>Leo</sup>

사자자리를 다스리는 인내의 천사. 사자는 그리스 신화에서도 포악한 성질로 사람들에게 고통을 주는 존재로 묘사된다. 레오 천사 역시 예전에 스스로 분노를 제어하지 못해 자주 화를 냈다. 자신의 나쁜 성격이 친구들을 떠나게 만들었다는 것을 깨닫고는 뼈를 깎는 수련을 통해 화를 참는 힘을 길렀다. 마침내 벌컥 레오는 가장 참을성 있는 사자가 되었다.

레오는 사자자리를 지키는 천사이다. 그는 자기 힘만 믿고 뜻대로 되지 않으면 벌컥 화를 냈다. 천사들은 그를 '벌컥 레오'라고 놀렸다. 다른 천사들이 자신을 외면하자 레오는 외로웠다. 레오는 화를 내는 당사자가 가장 큰 피해자라는 사실을 알게 되었다. 뒤늦게 자각한 레오는 어떤 일이 있어도 화를 내지 않는 '인내의 천사'가 되었다.

레오가 예루살렘 시내에서 슈퍼마켓을 지날 때였다. 한 여성이 쇼핑을 하고 있는데 그녀의 아이가 울기 시작했다. 엄마가 차분하게 말했다.

"몇 가지 더 사야 돼. 샤런, 금방 끝날 거야."

아이의 짜증이 계속되고 울음소리는 더 커졌다. 엄마가 아이를 달래듯이 말했다.

"다 됐다. 샤런, 이제 돈만 내면 돼."

계산대에 이르자 아이는 더 크게 울며 소리를 질렀다. 엄마는 여전히 침착했다.

"거의 다 끝났다. 샤런, 이제 차 있는 곳으로 가자."

아이는 계속 앙앙대다가 차에 도착해서야 잠잠해졌다.

이 광경을 지켜보던 천사가 여성에게 다가가 말했다.

"제가 쭉 지켜봤는데, 샤런이 투정을 부리는 내내 평정을 유지하는 모습이 참 인상적이었어요. 부인에게서 중요한 교훈을 얻었습니다."

여성은 천사에게 감사를 표한 뒤 이렇게 말했다.

"하지만 제 아이는 샤런이 아니에요. 제가 샤런입니다."

레오는 깜짝 놀랐다. 진정한 인내는 상대방이 아니라 자기에게로 향해야 한다는 것이다. 그러나 보통사람들은 "네가 화를 돋우었잖아.", "네가 먼저 내 자존심을 건드렸어."라며 서로 상대에게 분노의 책임을 돌린다. 상대가 분노의 원인을 제공했으니 화를 내는 게 당연하다는 식이다.

"분노를 대하는 당신의 태도에 경의를 표합니다. 어떻게 그런 생각을 할 수가 있죠?"

"분노도 일종의 선택입니다. 외부 자극과 반응 사이에 공

분노는 마음속의 폭군이다.
평소에는 내가 폭군을 조종하지만 분노하면 그 폭군이 되레 나를 조종한다.
지금 화가 부글부글 끓고 있다면
분노의 파편이 서로에게 날아가지 않도록 당장 그 자리를 피해야 한다.
알래스카 이누이트족은 화가 나면 하염없이 걷는다고 한다.

산이 있고, 그 공간에는 반응을 선택할 자유가 있죠. 분노의 책임을 상대에게 돌리는 것은 반응의 결정권을 남에게 반납하는 꼴입니다."

화를 내느냐, 어떻게 내느냐는 당사자의 선택 사항이고 분노의 소유권은 화를 낸 당사자에 있다는 그녀의 주장에 귀가 솔깃해졌다.

자극과 반응 사이의 공간은 사람마다 천차만별일 것이다. 바늘 하나 들어갈 틈도 없는 사람이 있고, 배를 띄울 만큼 넓은 사람도 있다. 공간이 넓으면 감정을 식히고 차분하게 대응할 여지가 생긴다. 반대로 공간이 협소하면 타인의 행동에 즉각 반응하면서 실수할 확률이 높아진다.

"이제야 알겠어요. 그래서 히말라야 고산족들은 '화를 잘 내는 사람'이란 소리를 가장 모욕적인 말로 여기는군요. 화를 잘 내는 것은 마음의 공간이 좁다는 뜻이니까요."

"분노는 어리석은 행위예요. 분노는 뜨거운 석탄을 상대에게 던지려고 그것을 집어 드는 것과 같습니다. 당연히 내 손이 먼저 화상을 입을 수밖에 없죠."

상대에게 분노를 쏟아내기 위해서는 자기 마음속에 먼저

그런 증오와 원망의 감정을 떠올려야 한다. 마음이 괴롭고 불편할 수밖에 없다. 타인에게 복수하기 전에 자신이 일차적 피해자가 되는 셈이다.

영어에서도 anger(화)는 danger(위험)와 알파벳 하나 차이이다. 화를 내는 행위는 자신을 위험에 빠뜨리는 짓이라는 것이다. 실제로 '분노의 독성'은 사람의 생명을 해칠 정도로 강하다고 한다.

천사와 대화를 나누는 사이에 그녀의 아이는 구름을 나온 태양처럼 어느새 방긋방긋 웃고 있었다. 샤런이 한층 밝아진 표정으로 말했다.

"제 엄마가 아빠와 싸우면서 30년 전의 일까지 끄집어내는 걸 보았어요. 엄마는 그 긴 세월 동안 뜨거운 석탄을 가슴에 담아놓고 사느라 얼마나 힘들었을까요? 마음속에 분노와 미움을 간직하면 자신이 가장 괴롭습니다. 분노와 미움이 있으면 마음의 평화를 얻을 수 없고 행복에서 멀어집니다. 1분간 화를 내면 1분 동안 행복이 증발됩니다."

분노는 마음속의 폭군이다. 평소에는 내가 폭군을 조종하지만 분노하면 그 폭군이 되레 나를 조종한다. 지금 화가 부글부글 끓고 있다면 분노의 파편이 서로에게 날아가지 않도록 당장 그 자리를 피해야 한다. 알래스카 이누이트족은 화가 나면 하염없이 걷는다고 한다.

샤런이 말했다.

"화를 다스리는 것은 에베레스트 산을 오르는 것보다 힘듭니다. 어렵지만 해야 합니다. 자신을 분노의 노예로 살게 할 수는 없으니까요. 그것이야말로 우리 시대의 진정한 노예해방 선언이 아닐까요?"

# 분노의 독성

분노에도 색깔이 있다. 미국의 한 인체생리학자가 실험을 했다. 튜브 한쪽 끝을 사람의 코에 꽂고 다른 끝을 얼음물에 담긴 용기에 넣은 뒤 그 사람의 기분에 따라 어떤 가스가 나오는지 유심히 관찰했다.

그랬더니 평온할 때 내뿜는 기체는 액체로 변하면 무색이었으나 화가 날때는 밤색 침전물이 생겼다. 학자가 분노의 침전물을 실험용 쥐에 주사하자그 쥐는 몇 분도 지나지 않아 죽고 말았다.

사람이 화를 내면 노르아드레날린이라는 독성 물질이 분비된다. 이것의 독성은 웬만한 독약보다 더 치명적이다. 한 사람이 1시간 동안 화를 낼 때 나오는 분량이면 80명을 죽일 수 있다고 한다.

이런 독소가 우리 내부의 장기에 돌아다닌다고 생각해보라. 다른 사람에게화가 미치기 전에 자기 육체와 정신이 먼저 골병이 들 것이다. 마음에 울화가생긴 사람이 결국 화병에 걸려 목숨까지 위협받는 것은 이런 이치이다.

# 04

# 대체 누가
# 주인이오?

부테스Bootes

~~~

목동자리를 관장하는 목동의 천사. 목동자리는 봄을 대표하는 길잡이 별이다. 그리스 사람들은 소가 끄는 쟁기를 발명해 농사의 신기원을 이룩한 아르카스의 별자리로 생각했으나 목동자리는 그보다 훨씬 전에 아라비아 목동들에 의해 만들어졌다고 한다.

인도 북부 라다크는 히말라야가 품고 있는 지상의 낙원이다. 하지만 젖과 꿀이 흐르는 통상의 낙원과는 차원이 다르다. 험준한 지형이 문명의 접근을 가로막는 지구 최후의 오지이기 때문이다.

라다크는 만년설을 친구로 삼고 있는 춥고 건조한 땅이다. 그곳에선 영하 20도가 넘는 겨울이 8개월 이상 계속된다. 설산 위로 흰 구름이 흘러가고 바위틈에선 에델바이스가 순결한 꽃을 피운다. 사람들은 야크와 양들을 방목하고 짐승의 살은 꼭 필요할 때만 먹는다. 자연을 거스르지 않고 조화를 이루며 살아간다. 순수한 영혼들의 소박한 삶이다.

'목동의 천사' 부테스는 라다크로 긴 여행을 시작했다. 척박한 환경에서 웃음을 잃지 않는 그들의 비결을 알고 싶었다. 라다크는 외지인에게 그리 호락호락하지 않았다. 여행객으로 둔갑한 천사는 인도의 델리에서 라다크까지 장장 24시간 동안 덜컹거리는 차를 탔다. 드디어 해발 5천m가 넘는 따글랑 라 고개를 넘었다. 호된 신고식을 치르자 깊은 골짜기와 고원으로 이루어진 천혜의 비경이 펼쳐졌다.

현지인들은 낯선 방문객을 만날 때마다 "줄레"라고 인사했다. 평생 이처럼 많은 인사를 받아보기는 처음이었다. 사람들의 걸음은 거북이처럼 느렸다. 피부는 맑았고 순박한 미소가 얼굴 전체에 번졌다. 가장 추운 곳에서 느끼는 가장 푸근한 웃음이었다.

언덕이나 길목에선 파란 하늘을 배경으로 타르초가 휘날렸다. 타르초는 불교 경전을 적은 오색 깃발이다. 깃발은 바람이 불 때마다 펄럭펄럭 소리를 냈다. 현지인들은 그것을 바람이 경전을 읽는 소리라고 했다. 타르초 아래를 지나가는 사람은 자연의 독경 소리를 듣는 셈이다. 그곳에선 모두가 순례자였다.

길을 걷던 부테스는 야크 떼를 모는 목동을 만났다. 둘은 직업이 같다. 부테스가 하늘에서 목동자리를 관장하는 천사이기 때문이다.

천사는 한껏 고무된 표정으로 물었다.

"야크들을 몰고 험한 산을 오르는 일이 힘들지 않소?"

"한 번도 힘들다는 생각을 해본 적이 없어요. 야크들과 함께 방울소리를 내면서 걷는 일이 너무 즐거운 걸요."

"그래도 좋은 집을 갖고 돈도 많이 벌고 싶지 않나요?"

"돈을 많이 벌어서 무엇 하려고요?"

목동은 세상 사람이 다 원하는 일을 이방인에게 되묻고 있었다.

"그야 돈을 벌면 편안하게 살 수 있고 멋진 곳으로 여행도 다닐 수 있어요. 예쁜 여자와 결혼해서 행복하게 살 수 있고요. 좀 더 편안하게 생활할 수도 있죠."

"그렇다면 저는 이미 충분한 돈을 가졌습니다. 제 잠자리와 삶은 편안하기 그지없습니다. 사랑하는 아내와 아이들, 그리고 우정을 나눌 친구들이 있습니다. 집 마당에는 늙은 살구나무 한 그루가 있지요. 해마다 여름이면 온 식구들이 둘러앉아 노란 살구를 먹습니다. 집 앞의 수로에는 만년설이 녹아내린 물이 흐르고 있어요. 졸졸거리는 그 소리가 저에게는 아름다운 교향곡입니다. 햇살에 반짝이는 설산의 풍

징은 어떤 명화보다 장엄합니다. 세계 각지에서 수많은 외지인들이 그걸 보려고 몰려옵니다. 제가 굳이 다른 나라로 여행할 필요가 있나요?"

라다크의 하늘은 믿을 수 없을 만큼 청명하고 공기는 너무 맑아 폐를 깨끗이 정화시킬 정도였다. 라다크 사람들이 순수함을 잃지 않는 것은 이런 순결한 존재들과 항상 가까이 접하기 때문이라는 생각이 들었다.

"돈이 삶의 전부가 될 수는 없어요. 돈으로는 라다크의 햇살을 한 줌도 사지 못합니다. 미소와 친절도 살 수 없어요."

그렇다. 진짜 소중한 것은 돈으로 살 수 없다. '이스털린의 역설'로도 입증되었듯이 삶의 만족과 기쁨은 소유에 달려 있지 않다. 그것이 재벌 회장이라고 해서 더 행복하지 않은 이유일 것이다.

"조금 전에 돈을 벌어 부자가 되면 좋다고 하셨는데 부자의 기준이 뭔가요?"

목동이 묻자 이방인이 말했다.

"좋은 집과 멋진 차, 고액 연봉 정도의 조건은 갖추고 있어야 하지 않을까요?"

"저는 소유의 양이 아니라 만족이 부자를 가르는 기준이 되어야 한다고 봅니다. 억만금을 가졌다고 해도 부족함을 느낀다면 부자라고 할 수 없지요. 그런 사람은 가난한 사람이라고 불러야 마땅할 것입니다."

목동은 옛날 인도의 한 부자에 관한 이야기를 들려주었다.

이 부자는 금화가 가득 담긴 보따리를 허리에 차고 강을 건너게 되었다. 배가 강 한복판에 이르렀을 때 바람이 불어 배가 뒤집히고 말았다. 함께 탄 사람들은 모두 헤엄쳐서 밖으로 나왔으나 금화를 가진 사람은 허리에 찬 돈이 무거워 헤엄을 칠 수 없었다. 사람들이 빨리 돈을 버리라고 소리쳤다. 그는 끝내 돈을 버리지 않고 버둥거리다가 결국 익사하고 말았다.

누가 주인인가. 사람이 돈의 주인인가, 돈이 사람의 주인인가. 그런 사람이라면 아무리 돈을 많이 가져도 부자라고 할 수 없을 것이다. 목동의 말이 끝나자 이방인이 말했다.

"그래도 이곳에 살면 불편한 점이 많아요. TV도 볼 수 없고 핸드폰도 안 터집니다. 문명의 혜택을 누릴 수 없는데 부유하다고 할 수 있을까요?"

이방인이 반문하자 목동은 고개를 절레절레 흔들었다. 그때 저녁놀이 지고 별들이 설산 위로 일제히 고개를 내밀었다. 하늘은 이내 별 밭으로 변했다. 부테스가 떠나온 목동자리의 별들도 수정처럼 빛나고 있었다.

"밤하늘의 별이 이렇게 아름다운지 몰랐어요."

이방인이 하늘을 쳐다보며 감탄하자 목동이 물었다.

"그럼, 도대체 당신들은 밤마다 무얼 하나요?"

목동의 말처럼 사람들은 TV와 스마트폰에 취해 진짜 중요한 것들을 잊고 사는 건 아닐까. 이방인은 이곳에서 온갖 전자기기와는 멀어졌지만 자기 자신과는 더 친해졌음을 깨달았다. 핸드폰은 먹통이었으나 영혼과의 소통은 어느 때보다 활발했다.

히말라야 산자락의 라다크는 하늘에서 가장 가까운 곳이다. 그곳에 있는 동안 공기의 밀도가 희박해 가끔 호흡에 곤란을 겪었지만 행복의 밀도는 더 높아졌다. 거대한 설산에 인간의 육신이 작다고 느껴졌으나 영혼은 더 커졌다. 아무것도 없는 곳에서 꽉 찬 충만을 느낄 수 있었다.

# 이스털린의 역설(Easterlin paradox)

소득이 높아지면 처음엔 행복도가 높아지지만 소득이 일정 수준을 넘어서면 행복도가 더 이상 증가하지 않는다는 이론이다. 미국 경제사학자 리처드 이스털린이 1974년 주장한 개념이다.

그는 세계 30개 국가의 소득 흐름과 행복도를 연구한 결과 소득이 기본욕구를 충족하는 수준에 도달하면 행복도와 소득이 비례하지 않는다는 사실을 밝혀냈다. 미국, 영국, 프랑스 등 선진국들이 지난 수십 년간 소득은 몇 배씩 증가했지만 행복도는 거의 변화가 없고 비누아투, 방글라데시와 같은 가난한 나라에서 오히려 국민의 행복지수가 높게 나타난다는 점을 근거로 제시했다. 1인당 소득이 3천 달러에도 못 미치는 부탄 사람들이 행복 순위에서 최상위를 점하고 있는 것을 보면 행복과 소득의 상관관계가 그리 높지 않음을 알 수 있다.

노벨경제학상을 수상한 앵거스 디턴과 대니얼 카너먼도 유사한 연구를 수행했다. 이들의 연구에 따르면 연봉 7만 5천 유로(약 1억 원)까지는 수입이 올라갈수록 더 행복해졌으나 그 수준을 넘어서면 액수가 커져도 만족감이 늘지 않았다. 돈의 액수는 나라마다 구매력이 다르고 시간의 흐름에 따라 변하기 때문에 절대적 기준이 될 수 없지만 특정 소득 수준에서 행복의 증가가 멈춘다는 것만은 분명하다.

과학자들의 결론은 우리가 돈을 많이 가질수록 더 행복해질 것이라고 생각하지만 실제로는 돈이 증가한다고 행복이 쑥쑥 자라나는 게 아니라는 것이다.

## 05
# 마음을
# 잃어버렸습니다

리겔 Rigel

천성이 느긋한 여유의 천사. 지구에서 최장 2천 100광년이나 떨어진 오리온자리를 다스린다. 그리스 신화에서 달의 여신 아르테미스는 오빠의 계략에 빠져 자신을 사랑하는 거인 오리온을 화살로 쏴 죽인다. 자기 손으로 연인을 죽인 아르테미스가 비탄에 젖자 제우스가 그녀의 슬픔을 위로하기 위해 하늘에 오리온자리를 만들어주었다. 리겔은 '거인의 왼쪽 다리'라는 뜻이다. 리겔 천사는 자신의 이름처럼 어떤 일이든 서둘지 않고 커다란 다리로 천천히 움직이면서 여유롭게 걷고 행동했다.

리겔 천사는 오리온에 살고 있다. 그가 책임자로 있는 오리온자리는 60여 개의 별들로 구성된 성좌이다. 그중에는 크기가 태양 지름의 700배에 달하는 별도 있다. 그의 별들은 백색과 청색으로 밤하늘을 아름답게 수놓고 있다.

신의 소집명령이 떨어질 당시 리겔은 사이프 별에 머물고 있었다. 빛의 속도로 2천 100광년이나 떨어진 곳이다. 다른 천사들은 회의에 늦지 않으려고 분주했으나 리겔은 서두르지 않았다. 그런데도 가장 먼 곳에 있는 리겔이 제일 먼저 도착했다. 건장한 두 다리 덕분이다. 리겔은 '거인의 왼쪽 다리'라는 별명이 있을 정도로 무쇠처럼 튼튼한 다리를 갖고 있었다. 리겔은 회의장에 모인 천사들에게 이렇게 외쳤다.

"가장 여유로운 것이 가장 빠르다."

지상에 온 리겔은 인간들이 너무 바쁘게 산다고 느꼈다.

천사는 싱가포르 시내에서 헉헉거리며 신호등을 향해 달려오는 두 할머니를 보았다. 뒤따르던 할머니가 지쳤는지 갑자기 소리쳤다.

"뭔데 그리 바빠. 천천히 가!"

그 소리에 앞서 가던 할머니가 걸음을 멈추었다. 신호등은 할머니들에게 어서 오라고 연신 깜빡거렸다. 할머니들은 더 이상 신호등의 유혹에 넘어가지 않았다. 둘은 느린 걸음새로 건널목 앞에 나란히 섰다. 그러고선 도란도란 얘기꽃을 피우기 시작했다.

"호친 말이야! 몸이 많이 아픈가 봐."

"내일 같이 그이 집에나 찾아가 볼까."

때마침 빈둥거리던 오후의 햇살이 할머니들의 어깨에 살포시 내려앉았다. 천사는 투명인간으로 변해 할머니들의 뒤를 졸졸 따라다녔다.

두 할머니는 점심을 먹기 위해 식당으로 들어갔다. 테이블이 열 개도 되지 않는 자그마한 식당이었다. 주방에는 아주머니 한 분이 요리 중이었고 젊은 여종업원이 혼자 서빙하고 있었다. 두 할머니는 칠리크랩을 시켰다. 그때였다.

할머니 옆 테이블에서 한 남자가 고함을 쳤다.

"음식이 왜 빨리 안 나오는 거요? 10분이 지났잖소."

남자는 문을 박차고 나가버렸다. 여종업원은 어쩔 줄 몰라 했다.

"원, 성질머리하고는. 쯧쯧!"

할머니들이 함께 혀를 찼다. 한 할머니가 말했다.

"막스 에르만의 시가 생각나지 않아? 왜 얼마 전에 시문학 교실에서 배웠잖아."

"아 그래. 10분 때문에 화를 내는 거. 지금 상황과 어쩜 그리 똑같아."

할머니가 말한 에르만의 시는 이렇게 시작한다.


'한 친구에 대해 생각한다.

어느 날 나는 그와 함께 식당으로 갔다.

식당은 손님으로 만원이었다.

주문한 음식이 늦어지자

친구는 여종업원을 불러 호통을 쳤다.

무시를 당한 여종업원은 눈물을 글썽이며 서 있었다.

"10분은 짧은 시간이야.
조급하게 굴면 10분은 얻을 수 있겠지만
나머지 인생을 전부 잃을지도 몰라.
여유가 없으면 마음의 평온을 누릴 수 없어."

그리고 잠시 후 우리가 주문한 음식이 나왔다.

나는 지금 그 친구의 무덤 앞에 서 있다.

식당에서 함께 식사를 한 것이 불과 한 달 전이었는데

그는 이제 땅속에 누워 있다.

그런데 그 10분 때문에 그토록 화를 내다니.'


"10분은 짧은 시간이야. 조급하게 굴면 10분은 얻을 수 있겠지만 나머지 인생을 전부 잃을지도 몰라. 여유가 없으면 마음의 평온을 누릴 수 없어."

"인디언은 너무 빨리 달리면 영혼이 따라올 수 없다고 하잖아. 숨이 가쁘면 세상의 풍경이 눈에 들어올 수 없어."

"다들 행복하기 위해 바쁘게 일한다고 그래. 하지만 너무 바쁘게 일하느라 행복을 느낄 시간이 없다면 잘못된 거 아냐."

한자 바쁠 망忙은 마음 심心에 죽을 망亡이 합쳐진 말이다. '마음이 죽는다'는 뜻이다. 행복은 마음속에 있다고 하는데 마음이 죽으면 행복이 어디에 머물 수 있겠는가.

세탁기, 휴대전화, 컴퓨터, 이메일 등 각종 문명의 이기는 삶을 편리하게 해준다. 과거에는 편지를 써서 부치려면 며칠이 걸렸지만 요즘에는 단 몇 초 만에 지구 반대편까지 메일을 보낼 수 있다. 인간은 기계 덕택에 노동의 굴레에서 벗어나 많은 시간을 얻었지만 정작 여유는 잃고 말았다. 빨라진 기계에 맞춰 살다 보니 인간의 삶도 덩달아 빨라진 탓이다.

"싱가포르 사람들은 걷는 속도가 세계에서 가장 빠르다고 하잖아. 뭐 그리 바쁘게 사는 건지. 세상이 바쁜 건지 내가 바쁜 건지 종잡을 수가 없어."

할머니들이 서로 맞장구치며 말을 주고받았다.

"조급하게 구는 사람치고 일 잘하는 사람을 못 봤어. 조급하면 행동이 가볍고 실수도 잦아. 마음이 안정돼야 생각을 바로 할 수 있고, 생각이 발라야 성숙된 결과가 나오는 거지. 인생은 빨리 달리기 경주가 아니잖아. 더디게 가더라도 제대로 가야지."

"얼마 전 태국에 다녀왔더니 그곳 사람들은 우리보다 못살아도 훨씬 생활이 여유로워. 서두르는 법이 없고 큰소리도 내지 않아. 한국 사람들이 '빨리빨리' 서두르면 그들은

'사바이 사바이'라고 말해. '편하게', '느긋하게' 하라는 것이야."

"급히 먹는 밥이 체하는 법이지."

"살면서 내가 왜 이렇게 바쁘게 사는지를 생각하지 않으면 그것은 바쁜 게 아니라 정신을 잃는 것이야. 정신 줄을 놓는 거라고!"

"맞아! 인생 백 년인데 뭘 서둘러."

"학창시절 음악 시간에 배운 '모데라토 칸타빌레'처럼 사는 거야. 보통 빠르기로 노래하듯이! 서두르면 즐거움을 느낄 새가 없어."

# 06

# 시간의 주인과
# 시간의 종

## 헤르메스 Hermes

여행의 천사. 그리스 신화에선 제우스의 아들로 태어나 여행과 상업, 행운을 관장하면서 인간의 혼령을 저승으로 인도하는 역할을 수행했다. 날개 있는 모자를 쓰고 뱀이 감긴 지팡이를 갖고 다녔다. 신은 여행을 좋아하는 그에게 여행자들을 보호하는 임무를 맡겼다.

슬로시티 청산도에서는 시간이 굼뜨게 흐른다. 청산에 사는 은자처럼 모든 존재의 삶이 유유자적하다. 나비는 천천히 날갯짓 하고, 갈매기는 반음쯤 낮은 음정으로 끼룩거린다. 태양조차도 도시처럼 서두르는 법이 없이 뉘엿뉘엿 움직인다.

'여행의 천사' 헤르메스는 배낭 하나를 메고 청산도의 들녘을 걸었다. 오월의 봄꽃들이 미소를 지으며 이방인을 반겼다. 섬의 길들은 모두 푸른 바다를 향해 달리고 있었다. 해변을 따라 다락논과 밭들이 서로 이마를 맞대고 있었다. 초로의 부부가 밭에서 김을 매고 있었다. 헤르메스가 길을 묻자 남편은 호미질을 멈추고는 밭둑에 걸터앉았다. 그는 즉석에서 커피를 타더니 이방인에게 내밀었다. 따스한 액체가 목젖을 타고 흘렀다.

"해변의 밭에서 김을 내는 두 분이 한 폭의 풍경화 같아요. 너무 행복해 보입니다."

"허허! 늙은 부부를 그리 멋있게 봐주시다니요. 청산도에는 처음 오신 건가요?"

"네! 느릿느릿 달팽이처럼 사는 섬이라고 하기에 꼭 와보고 싶었어요."

"저도 5년 전에 처음 청산도에 여행을 왔지요. 그때 섬의 비경에 반해서 정년을 마치자 곧장 이곳으로 이사를 왔어요."

"청산도는 시간이 느리게 움직이는 곳 같아요. 마치 다른 세상에 온 것처럼 말이죠."

"아마 생활이 바뀌었기 때문일 것입니다. 여기 섬에서는 반대편 바다까지 가는 데도 얼마 걸리지 않아요. 걸음을 재촉해서 빨리 갈 필요가 없다는 것이죠. 그러니 사람들의 걸음걸이가 느리고 여유로울 수밖에요. 저도 서울에 살 때는 참 바쁘게 살았어요. 빡빡한 일정에 끌려 다니면서 무엇을 하는지도 모른 채 살았습니다. 이곳에선 제가 '시간의 주인'이고, 제 마음대로 시간을 씁니다."

"그대들은 24시간 종일 부림을 당하지만 나는 24시간을 부리느니라."
'시간의 종'으로 살면 늘 바쁘지만
시간의 주인이 되면 넉넉하고 여유롭게 살 수 있다.

"시간의 주인이라는 표현이 의미심장하군요."

"실은 제가 한 말이 아닙니다. 옛날 조주 선사는 '어떻게 항상 느긋할 수 있느냐'는 제자들의 질문에 '그대들은 24시간 종일 부림을 당하지만 나는 24시간을 부리느니라.' 하고 말했습니다. '시간의 종'으로 살면 늘 바쁘지만 시간의 주인이 되면 넉넉하고 여유롭게 살 수 있다는 것입니다."

"시계가 발명된 뒤 사람들이 더 바빠진 것 같습니다. 점점 시간의 종이 되어 가고 있다는 자괴감이 듭니다."

"옛날에는 하루를 12등분해서 사용했어요. 시계가 발명된 후부터는 시간이 분초 단위로 쪼개지면서 1시간은 3천 600초로 나누어졌습니다. 시간은 초침처럼 빨라졌고 사람들은 째깍거리는 시계 소리에 쫓기는 삶을 살게 되었어요. 시간의 효율성은 향상되었지만 여유는 상실하고 말았습니다. 시계를 얻었으나 시간은 잃어버린 격이지요."

"참 아이러니합니다. 더 중요한 행복을 잃어버린 꼴이군요."

"여유는 우리 삶을 풍요롭게 하죠. 섬사람들은 돌담을 쌓을 때 돌과 돌 사이를 흙이나 짚 따위로 꽉꽉 메우지 않습니다. 성긴 틈으로 성난 바람이 지나가도록 바람구멍을 내어주는 것이죠. 거센 바람에 무너지지 않게 돌담을 쌓는 비결입니다. 우리 삶 역시 너무 바쁘게 꽉꽉 채우기만 하면 무너지기 쉽습니다."

"실제로 그렇게 무너지는 사람들을 자주 봅니다."

"그래서 중세 수도사들은 아케디아Acedia를 조심하라고 했어요. '정오의 악마'로 불리는 아케디아는 무의미하게 바쁘기만 한 상태를 가리킵니다. 아무 생각 없이 일상에 쫓겨 생활하다 보면 무료한 시간이 왔을 때 삶에 회의감이 몰려와 결국 수도원을 뛰쳐나가게 됩니다. 수도원에서 아케디아를 가장 사악한 악마로 꼽는 이유입니다. 우리도 똑같습니다. 바쁘게 허둥대면 어느 날 '왜 이렇게 살아야 하나'라는 무력감이 엄습합니다. 정오의 악마가 찾아오는 것이죠."

"예삿일이 아니군요. 무슨 좋은 방법이 없겠습니까?"

"우선 시간의 주인으로 살려는 자각이 필요합니다. 바쁨과 부지런함은 다릅니다. 부지런하게 열정적으로 사는 것은 좋지만 바쁘게 살아서는 안 됩니다. 바쁜 것은 시간 관리를 하지 못하거나 오늘 할 일을 내일로 미룬 탓이 큽니다. 빡빡한 스케줄도 대개는 자기 하기에 달렸습니다. 하루 일과를 보면 자기 뜻대로 조정이 가능한 것도 있고 그렇지 않은 것도 있어요. 불필요한 시간을 줄이고 자신의 의지대로 일정을 구조조정하면 여유의 시간을 만들 수 있어요. 모임이나 출근할 때에도 너무 빠듯하게 나가지 말고 조금 일찍 출발하면 마음의 여유를 즐길 수 있습니다. 그것이 시간의 주인으로 사는 방법입니다."

"바쁨도 버릇이라는 생각이 들어요. 시일이 임박해서 서두르는 사람은 매사 그렇게 행동합니다."

"행복감을 갉아먹는 나쁜 버릇이죠. 그런 습관을 버려야 여유로운 삶이 가능합니다. 여유는 행복뿐 아니라 성공에서도 매우 중요합니다. 최고의 아이디어도 여유와 휴식 중에 떠오른다는 게 신경학계의 정설입니다. 일벌레로 소문난 빌 게이츠가 1년에 두 차례 '생각 주간'을 갖는 것은 그런 까닭일 것입니다. 그 기간 동안에는 은둔의 장소에서 휴대폰, 컴퓨터도 없이 여유롭게 생각을 합니다. 손정의 소프트뱅크 회장도 아무리 바빠도 하루에 10분은 자신의 생각에 몰입할 시간을 갖는다고 합니다. 자기 시간을 갖지 못하면 자기 인생을 살았다고 할 수 있나요."

초로의 부부와 헤어진 헤르메스는 다시 해변을 따라 걸었다. 시원한 파도 소리가 들려왔다. 너무 바쁘게 허둥대면 자기 내면에 일렁이는 파도 소리를 들을 틈이 없다.

바쁨은 결코 미덕이 아니다. 매일 정신없이 돌아다니기만 한다면 '정신없는 인생'을 살 수밖에 없을 것이다.

# 07

# 허리 좀 펴고
# 삽시다

카노푸스 Canopus

뱃사람들의 길을 알려주는 항해의 천사. 옛날 항해자들에게 방향을 알려주는 역할을 했다. 한국과 중국에서는 인간의 수명을 관장하는 노인성(老人星)으로 여겼다. 왕이 노인성을 향해 절을 하며 장수를 빌었고, 노인성이 보이는 해에는 나라가 평안해진다고 믿었다.

인간은 동물 중에서 유일하게 행복을 추구하는 존재이다.
돈이나 성공도 행복을 위해 필요한 수단에 불과하다. 그런
데도 인간은 수단에 정신이 팔려 본래의 목적을 망각한다.

'항해의 천사' 카노푸스는 지상에서 변호사가 되었다. 어
느 날 그에게 유산 상속에 관한 상담 요청이 들어왔다. 죽기
전에 유산을 분배하는 일로 변호사를 부른 것이었다. 의뢰
인은 숱한 어려움과 고생을 이겨내며 큰 재산을 모은 사업
가였다.

변호사는 부자의 서울 성북동 저택으로 향했다. 부자는
노환으로 병상에 누워 있었다. 노쇠한 몸을 가눌 힘마저 부
족했다. 넓은 저택에는 병구완을 해주는 가사도우미와 요양
보호사들이 살고 있었다. 변호사가 집이 참 좋다고 하자 부
자는 "집만 좋으면 뭐해. 자식이 다섯 있는데도 잘 찾아오지

않는 걸."이라며 쓴웃음을 지었다. 얼굴에 드리워진 그늘이 무척 쓸쓸했다. 이마의 깊은 주름은 고단했던 그의 삶을 증명하는 듯했다. 부자가 한숨을 쉬며 말했다.

"저는 담판한擔板漢처럼 인생을 살았어요."

"네?"

"왜 긴 널빤지를 등에 지고 가는 사람 말이에요. 공사장에선 판때기를 짊어진 사람을 담판한이라고 부르지요."

"아네! 저도 공사장을 지나면서 간혹 본 적이 있어요."

"저는 젊을 때 막노동판 인부로 처음 일을 시작했어요. 판자를 등에 진 인부는 머리를 숙인 채 구부정한 자세로 목적지까지 걸어가야 합니다. 도중에 아는 사람이 불러도 고개를 돌릴 수 없죠. 옆으로 고개를 돌리면 주변에 있는 사람이나 물건에 부딪힐 수 있기 때문입니다. 그런 습관이 평생 몸에 밴 것 같아요. 지금 이 나이까지 죽어라 일만 하면서 앞만 보고 살아왔으니까요."

변호사는 부자처럼 인생을 사는 사람들이 많다고 생각했다. 사람들은 돈이나 성공이라는 널빤지를 등에 진 채 그것을 더 많이 갖기 위해 새벽부터 밤중까지 열심히 일을 한다.

길섶의 들꽃이 손짓을 해도 고개조차 돌리지 않는다. 등에 있는 소중한 것이 자칫 바닥에 떨어질 수 있으니까. 그렇게 열정적으로 살았던 나약한 피조물이 뒤늦게 변호사 앞에서 회한의 고백을 하고 있는 것이다.

"성공만 하면 거기에 행복이 있을 줄 알았어요. 열심히 돈을 벌어 정상에 올랐지요. 그런데 산꼭대기에는 그저 황량한 바위뿐이었어요."

부자는 죽음에 임박해서 삶의 소중함을 깨달은 자신이 후회스럽다고 했다.

"얼마 전에 지인이 스티브 잡스의 전기를 주기에 그걸 읽었어요. 그분은 중요한 결정을 내릴 때면 먼저 '오늘이 내 인생의 마지막 날이라면 어떻게 할 것인가'라며 자신에게 물었다고 합니다. 나도 그런 질문을 했더라면 지금의 후회는 없을 텐데."

"어르신만 그런 게 아니에요. 누구나 다 그런 걸요."

"잡스는 죽음을 '인생 최고의 발명품'이라고 부르면서 평소 죽음의 의미를 진지하게 떠올렸어요. 그가 죽음을 생각한 것은 죽기 위해서가 아니라 더 잘 살기 위해서죠. '곧 죽게 된다는 생각은 인생에서 중요한 선택을 할 때마다 큰 도움이 됩니다. 사람들의 기대, 자존심, 실패에 대한 두려움 등 거의 모든 것들은 죽음 앞에서 무의미해지고 정말 중요한 것만 남기 때문이지요. 죽을 것이라는 사실을 명심한다면 무언가 잃을 게 있다는 생각의 함정에서 벗어날 수 있어요. 잃을 게 없으니 가슴이 시키는 대로 따르지 않을 도리가 없습니다.' 그가 스탠퍼드대학교 졸업식에서 한 말입니다."

"생사의 이치를 깨닫는다는 건 정말 대단한 일입니다. 그런 죽음의 철학이 잡스의 삶을 더욱 충실하게 만들지 않았나 생각합니다."

"사실 누구나 시한부 인생이지요. 변호사님이나 여기에 누워 있는 저나 말입니다. 예전에 저는 그걸 알지 못하고 삶이 영원할 줄로만 알았어요."

힘겹게 말을 이어가던 부자는 변호사에게 창문을 열어달라고 부탁했다. 시원한 산들바람이 방 안으로 들어왔다. 넓은 정원에선 봄이 기지개를 켜고 있었다. 앙상한 나뭇가지에 잎눈이 돋고 꽃망울이 열리고 있었다. 창문을 내다보던 부자가 말했다.

"진달래꽃이 저렇게 아름다운 줄 몰랐어요."

변호사의 입에서 "아!" 하는 탄식이 터져 나왔다. 삶의 널빤지를 내려놓는 생의 끝자락에서 진달래가 눈에 들어오다니! 노인은 돈과 성공에 매달리느라 꽃의 아름다움조차 제대로 느끼지 못했던 것이다.

"오늘 햇빛은 정말 눈이 부십니다. 저는 죽어 가는데 당신은 저 눈부신 햇살 속을 걸어가겠죠."

변호사는 부자와의 상담을 마치고 저택을 나왔다. 길옆에는 냉이와 봄까치꽃이 앙증맞게 고개를 내밀었다. 부자가 부러워한 것처럼 변호사는 햇살 속을 성큼성큼 걸어갔다. 그는 자신이 원하는 곳이면 지금 어디든 갈 수 있다.

사람은 누구든 그 모든 아름다움을 즐길 수 있다. 등에 진 무거운 널빤지를 내려놓고 잠시 고개만 돌린다면.

# 행복은
# 동사다

　　　　　　　　　　　　　　　　　신은　소확행의
지혜가 담긴 상자를 어디에 숨길까 고심했다. 악마가 함부
로 침범할 수 없고, 힘센 사람이 그것을 독점하지 않고, 누
구든 자유롭게 열어볼 수 있는 장소가 필요했다. 신은 드디
어 방법을 찾았다. 인간의 마음속에 보관하는 것이다.

　행복이 마음속에 있다는 것은 의심의 여지가 없다. 그런
데도 엉뚱한 곳에서 헤매는 이들이 아직 많다. 이슬람 수피
우화에 등장하는 물라 나스루딘처럼.

어느 날 밤 나스루딘이 가로등 아래서 뭔가를 찾고 있었다. 행인이 그걸 보고 "무슨 일이냐?"고 물었다. 나스루딘이 열쇠를 잃어버렸다고 하자 행인은 열쇠 찾는 일에 함께 나섰다. 한 시간이 넘게 찾았는데도 열쇠는 보이지 않았다.

행인이 물었다.

"정말 여기서 열쇠를 잃어버린 것이 맞소?"

나스루딘이 어두운 골목길을 가리키며 대답했다.

"아니요. 저기 컴컴한 데서 잃어버렸습니다."

행인이 어이가 없다는 듯이 다시 물었다.

"그런데 왜 이 가로등 밑에서 열쇠를 찾는 거요?"

"여기가 환하니까요."

실소를 금치 못할 일이지만 행복을 대하는 인간의 태도가 그렇지 않은가? 마음 안에 행복이 있는데도 마음 바깥에서 찾으려 한다. 마치 돈이나 성공을 얻기만 하면 행복이 저절로 이루어질 것처럼 착각한다. 가로등 아래에서 열쇠를 찾는 사람과 뭐가 다른가?

행복은 명사가 아니라 동사이다. 행복의 지혜를 터득했다면 행복을 결심하고 행동으로 옮겨야 한다. 성공을 위해 기울이는 노력의 10퍼센트만이라도 행복에 쏟아보라.

꿈을 이루기 위해선 먼저 꿈을 꾸어야 한다. 복권에 당첨이 되려면 복권부터 사야 한다. 행복의 지혜를 행동으로 옮기지 않고 행복하기를 바라는 것은 복권도 사지 않고 당첨을 바라는 것과 같다. 어떤 고상한 진리도 실천하지 않으면 소용이 없다.

행복을 위한 지혜는 스물여덟 명의 천사들이 이미 마련해 두었다. 이제 인간에게는 스스로 상자를 열고 실천하는 일만 남았다. 그 일은 누구도 대신해줄 수 없다. 행복의 상자와 열쇠는 각자의 마음속에 있으니까.

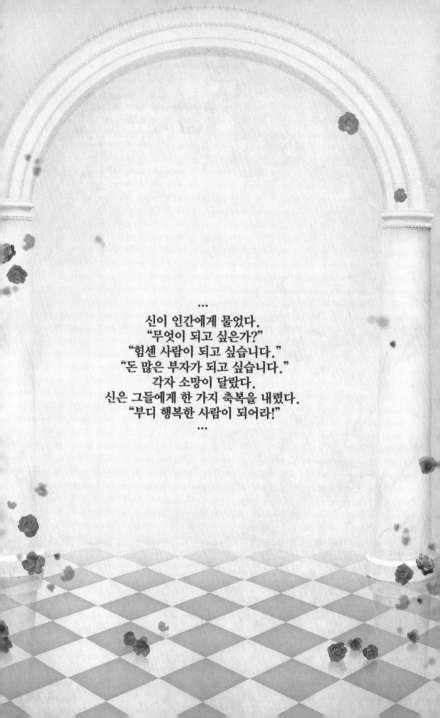

...
신이 인간에게 물었다.
"무엇이 되고 싶은가?"
"힘센 사람이 되고 싶습니다."
"돈 많은 부자가 되고 싶습니다."
각자 소망이 달랐다.
신은 그들에게 한 가지 축복을 내렸다.
"부디 행복한 사람이 되어라!"
...

# 돌을 가슴에
# 안는 까닭

우리 앞에 놓인
인생은 결코 녹록지 않다. 인생人生에서 生의 글자가 소牛가
외나무다리―를 건너는 모습이라고 하지 않는가.

아슬아슬한 다리를 조심스럽게 건너가는 게 우리네 인생
이다. 인생은 미리 살아볼 수도, 연습할 수도 없다. 다들 넘
어지고 후회하면서 조금씩 노하우를 배워간다. 쉬운 인생은
없다. 누구나 이번 생은 처음이니까.

삶은 누구에게나 버겁다. 토끼처럼 출세가도를 질주하는 사람이나 거북이처럼 굼뜬 사람이나 어렵기는 매한가지이다. 거북이가 보기엔 토끼는 힘 하나 안 들이고 달리는 것 같지만 빨리 달리느라 턱밑까지 차오르는 숨을 견뎌야 한다. 토끼가 보기에는 굼벵이처럼 움직이는 거북이는 게으르고 편하게 느껴질 것이다. 하지만 거북이도 평생 무거운 등딱지를 지고 가느라 얼마나 힘이 들겠는가.

이런 힘든 인생을 우리는 어떻게 살아야 하나? 여기 아프리카 원주민 일화에 해법이 있다.

미국 선교사가 포교를 하기 위해 원주민 마을을 찾았다. 마을 앞에는 강이 흐르고 있었다. 비가 온 후라서 물살이 제법 거칠었다. 그런데 강을 건너는 원주민들의 모습이 매우 특이했다. 저마다 큰 돌을 머리에 이거나 가슴에 안는 것이다. 선교사는 '그냥 건너면 쉬울 텐데 굳이 무거운 돌을 안고 건너나?'라고 생각했다. 선교사에게도 돌을 하나 주기에 마지못해 받았다. 그는 강을 중간쯤 건너고서야 그 연유를 깨달았다. 돌이 없으면 급류에 휩쓸려 떠내려갈 것이기 때문이다.

인생은 각자 자기 삶의 무게를 지고 강을 건너는 것이다. 인생의 강은 눈에 보이는 강보다 훨씬 물살이 세고 아득하다. 거친 세파에 휩쓸리지 않으려면 각자 무거운 돌을 하나씩 안아야 한다.

만약 고난과 시련으로 삶의 무게가 무겁다면 원망하기보다는 세파에 휩쓸리지 않도록 나를 단단히 지탱해주는 것으로 여길 일이다. 이런 긍정의 자세로 고난에 대처한다면 그 어떤 어려움도 극복할 수 있을 것이다.

우리는 유사 이래 가장 풍요로운 시대에 살고 있다. 그런데도 우리가 행복하지 못한 것은 행복을 잘못 이해하고 있기 때문일 것이다. 우리는 너무 거창하고 화려한 것을 행복이라고 생각한다. 소소한 일상에서 기쁨을 느끼고 지금 내 손에 있는 것에 만족한다면 행복하지 못할 까닭이 없다.

이 책에 실린 이야기들은 우리가 알고 있지만 쉽게 지나

칠 수 있는 내용들이다. 등장인물 중에는 실존 인물도 있지만 작가의 상상으로 그려낸 인물들이 대부분이라는 점을 밝혀둔다.

부디, 이 책을 덮었을 때 당신의 행복이 1cm쯤 더 자라났기를 소망한다. 당신은 그런 행운을 가질 자격이 있다.


2019년 겨울 떠돌이 지구별에서

배연국

## 소소하지만 단단하게

ⓒ 배연국, 2020

**초판 1쇄 발행** 2020년 1월 2일
**초판 4쇄 발행** 2020년 2월 3일

**지은이** 배연국
**펴낸이** 이경희

**발행** 글로세움
**출판등록** 제318-2003-00064호(2003.7.2)

**주소** 서울시 구로구 경인로 445(고척동)
**전화** 02-323-3694
**팩스** 070-8620-0740
**메일** editor@gloseum.com
**홈페이지** www.gloseum.com

ISBN 979-11-86578-81-0 03810